月影古董鉴定帖 1

[日] 谷崎 泉 / 著
[日] 宝井理人 / 绘 林星宇 / 译

百花洲文艺出版社
BAIHUAZHOU LITERATURE AND ART PRESS

目录

在谷中墓地的西侧下方，是东京都内屈指可数的寺庙小镇。正如谷中这个名字所示，那是个位于山谷之间、被上野台和本乡台包围的小镇。从前山谷间曾有一条名为蓝染川的河，但是被改为暗渠后，如今已经看不到了。

就地形而言，这是个四处都有坡道的地区，有些坡道相当有名。在其中一条名为三崎坂的坡道后方，有条小径，小径深处有间建于江户时代、名为月粹寺的古老寺庙，当地人称之为“月影寺”。在这间寺庙中，有一块略奇特的告示牌立在寺院旁边，小到人们稍微不注意就会漏看。

木牌上只写了“白藤”二字，由于下方还画了一个箭头，感觉是块指示牌。实际上，它原先的目的的确是为了指路，但因为实在太小，没什么存在感，再加上木板久经风吹日晒已经腐朽了，也就更难发挥指路的效用。

如果有人幸运地发现告示牌，照着箭头的方向走去，将会走到位于正殿南侧的墓地，那里矗立了众多选择月影寺作为菩提寺[①]的家族墓碑。在墓地一角，立了另一块仿佛有意避人耳目的指示牌。继续顺着指示走下去，便会抵达位于墓地最深处的木门前。

围绕着近五十座墓碑的水泥砖墙，是墓地与邻近民房的界线。水泥墙上，只有一个地方设有木制门扉。在无论怎么说都称不上是气派的木制格子门内侧，是一片郁郁葱葱的竹林，依稀可见平房式的民宅隐藏在高耸入云的孟宗竹林中。

---

①注：日本寺庙的一种，为代代皈依、埋葬祖先遗骨或者凭吊菩提的寺庙，也被称为“菩提所”“菩提院”等。

这所民宅的入口是一个弹簧铰链式木门，高度约到成年男性的腰部。在用来支撑木门的支柱上，依旧不显眼地挂着写了“白藤”的门牌。也就是说，竖立在月影寺内的立牌，都是用来引导人前往白藤家而做的标识。白藤家没有能直接连通外面的道路，只能通过月影寺的院内进出。若有想造访白藤家的人，必须先找到隐匿在三崎坂途中那前往月影寺的入口，然后要不畏惧写着“这里是私有地，非相关人士禁止进入”的告示牌，直接走入寺庙当中。除此之外，还必须找到那块小得不得了的立牌才行。

姓白藤的人家最初入住此处，是从现任当家算起的五代之前，也就是江户时代刚结束时。当时的房子虽然逃过战火，但外观明显老旧，所以在战后曾经重建。在那次重建后已经过了半个世纪，现在看起来似乎又到了需要再次重建的时期，不过，恐怕即使地板凹陷或是天花板掉落，如今的主人仍没有那个打算。

会这么说，是因为年老的当家在前年去世后，由其孙子继承当家之位。前任当家是手艺高超的工匠，虽然没能赚到大钱，却也不曾为钱烦恼过。然而，现任当家已经年过三十仍没有稳定的工作，只靠着做些小饰品之类的东西来赚取微薄的收入。因为收入微薄到光支付水电费、餐费、杂费以及少许税金就已阮囊羞涩，想重建房子根本是痴人说梦。

明明已经如此拮据，白藤家却还有一位食客。在白藤家的爷爷去世、孙子回到家里之后，这名食客就在不知不觉中住了进来。如果食客有正常的月薪，还能向其要求金钱上的援助，那么白藤家在生活方面也能多少变得轻松一点，但是很可惜，这位食客和新任当家的经济状况其实差不多。

随着秋高马肥之季渐渐过去，在白藤家过着接近隐居生活的两人，即将迎接会被从门缝钻进的冷风给冻僵的冬天。

“苍一郎！”

白藤家的当家用不只是这间小小的房子，甚至连在月影寺的院内都能听得一清二楚的声音呼喊食客的名字。当家明明已经年过三十，但或许是不曾经过正职历练，外表看起来比较年轻。身高不算太高，身材因为简单的饮食和体质显得很瘦弱。POLO衫和牛仔裤，是他的固定穿着。因为觉得自己过的不算是值得夸耀的生活，他想着至少在打扮上不能太失礼，所以才选择POLO衫。

由于天生怕热，他一年到头都光着脚丫子。不管是夏天还是冬天，都穿着海滩拖鞋，但这与身上的衣着不搭，反而更加引人注目。然而，他对于服装打扮很迟钝，完全没注意到。和不太高的身高相反，他的脚长超过二十九厘米。他把阳台地板踏得唧唧作响，同时往深处那间铺着榻榻米的房间走去。接着，用力地打开原本紧闭的纸门。

白藤家是栋麻雀虽小五脏俱全的平房建筑，两间相通的榻榻米房间就在房子正中央。过去是将靠近玄关的那间房当客厅使用，后方的房间则作为客房。在食客住进后方客房后过了将近两年，其间，食客的私人物品逐渐增加，如今已经到了说那里曾是客房也不会有人相信的程度。只见四坪大小的房间里塞满书本，而一直铺在书本上的被褥则高高鼓起。

白藤家的当家鼓着一股怒气，艰难地走入那堆满书、衣服以及电器等物品，找不到立脚之处的房间内。他抓起棉被再次呼唤食客的名字:“苍一郎！”即使有人在近距离怒吼，男子依然充耳不闻地继续睡自己的觉，他的外貌看起来应该是二十岁到三十岁之间。

可能因为他睡觉时会张大嘴，所以鼻子前端能听到轻微的打呼声，嘴角也能看到口水，下巴还长着些许胡茬。这副邋遢的睡相与乱七八糟的房间实在相当匹配。当家俯视着一直不折叠的被褥，很生气地长叹了声。

连续大吼大叫会很累，当家也很清楚一旦食客没有起床的意愿，不管他叫几次对方都不会有反应。所以，他决定用最有效的方法，小声地说:

“……我要把浴室里的那个丢掉哦。”

其实当家在看到“那个”的瞬间就火气上冲，心中还闪过想把东西丢掉的念头。不过，他是个好人，没办法做出那种事，所以为了要求当事者说明，便冲进苍一郎的房间。然而，既然对方不愿意醒来那就没办法了。

他决定立刻处理掉，不过好歹还是先说出这番宣言。当他打算离开房间时，脚被人从后方用力抓住，动作也因此停下来。

“等，等……”

当家转头看了脚踝一眼，发现有一只手从棉被里伸出来并抓住自己的脚，即使说了“放开”，那只手也没有缩回去。对方保持趴卧的姿态，正左右摇晃着脑袋。

“等，等等……我……到早上……才睡……”

“那是你自己的问题吧。”

“我昨晚……就已经回来了。”

“那也是你的事。”

冷淡地回绝后，当家又说了一句：

“而且……”

他先是挣脱抓着自己脚踝的手，接着蹲坐在地上，怒视对方那因为低下头而向上翘的乱发。当家的表情非常恐怖，这也说明他的态度有多认真。

“我说过不要再捡那种东西回来了吧！”

“能吃的，都放在外面了。”

“我同样说过，绝对不会再吃你捡回来的东西吧！”

在愤怒的当家面前，男子低着头坐起身，开始在一直不收拾的被褥与枕头边找东西。找到黑框眼镜后，他放心地低声说“找到了”，接着戴上眼镜面向当家。由于近视过深，男子没戴眼镜时，连眼前十厘米的东西都看不见。当他在清晰的视野中见到皱着眉头的当家后，重重地叹了一口气，说道：

“你还在记恨啊，晴。”

“这不是废话吗？我当时可是徘徊在生死边缘啊！”

“太夸张了，不过就是在医院里被照顾一下而已。”

“一下？我被呕吐和腹泻折磨了一个星期，体重还因此少了十公斤，变成这副瘦巴巴的样子！”

“我觉得那是体质问题，毕竟我和国都没事。”

“不要把我和你们这种大猩猩相提并论！”

看到对方跪坐着双手抱胸、一脸认真地回答，当家更加不悦。他与这名眼镜男——白藤家的食客宇多苍一郎，两人的基本观念完全不同。因为知道这样争论下去会没完没了，所以当家说了句“总之……”打算做出结论。

这时，苍一郎“啊”了一声，仔细看了看白藤家现任当家白藤晴的脸后，皱起眉头问：

“你遭遇了什么事？”

“……”

虽然知道他在问什么，不过晴不想在骂苍一郎的时候回答，所以表情变得更加凶恶。晴打算无视对方的问题，站起身来。不过晴脸上的伤痕非常明显，苍一郎抬头看他站起身后，先是露出惊讶的表情，接着说：“五月艾？”那是白藤家家猫的名字。

“……是蕨。”

“为什么？”

“因为指甲……长得太长，想帮它修剪一下……”

晴含糊其辞地回答。

时间是昨天下午，他碰巧看到在阳台上睡觉的家猫。因为看它睡得很熟便觉得应该没问题，但才刚抓住它的前脚、准备剪指甲时就遭到攻击，晴的右脸脸颊留下了三道很明显的抓痕。

晴照了镜子后觉得自己还是暂时不要外出比较好，反正也不需要出去工作。而外出的苍一郎不知道什么时候才会回来，他还以为应该不会被人发现。没想到苍一郎偏偏在这种时候，突然回来，这时间点实在太不凑巧。

晴仿佛逃跑般离开那位于深处且被苍一郎占据的房间，面无表情地往隔壁的客厅移动。苍一郎也随后追上来，在晴身后以猫奴的身份提出问题——

“五月艾就算了，竟然会被蕨抓伤，你应该做了相当过分的事吧？”

“才没有呢。真要说起来，照顾猫是你的工作吧？我会被抓伤，还不是因为你没有好好照顾它。”

“我一直都在照顾好吗？我也注意到蕨的指甲过长，只是觉得应该还能再撑一阵子。就是因为晴只有心血来潮时才会亲近猫咪，五月艾和蕨才会警戒你。”

“心血来潮？真亏你说得出口。负责喂它们的人可是我。”

“看吧，最大的问题就出在那种态度。”

苍一郎耸了耸肩膀，摆出“真是受不了你”的表情，钻进放在客厅中央的暖桌里，接着发现里头已经有先到者。于是他一头探进暖桌的棉被下方，把缩成一团的猫咪抱出来。这只肥胖的茶色虎斑猫名为“蕨”，原本是晴的爷爷饲养的猫咪。

“蕨，你没事吧？”

“需要被关心的应该是我吧？”

为什么反而担心抓伤人的猫啊？正当晴对此感到愤怒时，另一只猫——五月艾从格子纸门的缝隙钻了进来。这是一只还很年轻的灰色虎斑猫，它原本是弃猫，后来被苍一郎捡回来了。

“哦，五月艾也来啦。对不起，让你负责看家。”

“你啊，在跟猫道歉之前，先处理一下浴室里的那个东西，不然我真的要丢掉了！”

“你们也真是辛苦，被那个心胸狭窄的家伙用高高在上的态度对待。”

“我哪里心胸狭窄了？如果真的心胸狭窄，早就把你和猫都赶出去了！”

对于苍一郎的指责，晴不能坐视，他反驳了，并且用愤怒的视线俯视苍一郎，可当他看到两只猫和苍一郎同时用冷漠的眼神回击自己的愤怒时，他觉得在三比一的对视中，自己似乎输了。正当他冷哼一声，打开纸门打算前往厨房时，从玄关传来“有人在吗”的询问声。

因为所处地点很隐蔽，会拜访白藤家的人屈指可数，几乎不曾有上门推销或传教一类的情况，甚至可以说，除了知道白藤家位于何处的人之外，根本不会有人来访。从玄关传来的男性声音很陌生，晴皱起眉头看向苍一郎。

他用眼神询问：“你认识对方吗？”抱着蕨的苍一郎耸了耸肩膀。虽然预料之外的客人多少令人感到不安，但也不能假装不在家。晴不悦地稍微嘟起嘴唇，回了声“请稍等”就往玄关走去。

毕竟房子不大，从客厅稍微走两步就抵达玄关。时值深秋，太阳也较早下山，刚过下午三点玄关就已略显昏暗。站在那里的是一位身穿暗色系西装、脖子上围着绿色围巾、年约四十岁的男子。无论是梳理得非常整齐的短发，还是擦得闪闪发亮的皮鞋，都给人强烈的清洁感。他保持着笔挺的站姿，左手提着黑色的公事包。

不只是声音，就连那张脸，晴也没有印象。他站在玄关阶梯的边缘，用不太亲切的语气询问:“请问是哪位？”这名被晴用怀疑眼神注视的客人困惑地开口问道：

“请……请问这里有一位名叫白藤誉的先生吗？”

“……”

白藤誉是晴那前年去世的爷爷的名字。以爷爷认识的人来说，这位客人的年纪实在太轻，他究竟是出于什么目的来访？晴觉得越来越摸不着头绪，同时用低沉的声音说道：

“爷爷在前年去世了。”

“……您是他的孙子吗？”

对方那仿佛确认般的语气，让晴感到可疑，因此紧紧皱起眉头，后悔自己没有先确认对方的目的再回答。看到他一言不发的模样，客人连忙为自己的失礼开口道歉：

“非常抱歉，我不知道白藤誉先生已经去世了。”

“……有什么事吗？”

“……很抱歉我还没有自我介绍，这是我的名片。”

面对明显带着怀疑发问的晴，客人有些慌张地将公事包放到敲土②上，接着从怀中掏出名片。晴走下玄关阶梯，接下对方用双手递出的名片。

白色的纸片上除了有常在街上看见的商标外，还印着“东亚银行”的企业名。接在后头的是“本行特殊担保管理部”这个虽然不曾听过，但感觉相当不得了的部门名称。职称是主任，名字则是梶稔。

---

②注：一种将砖红壤、砂砾等物质与熟石灰、卤水混合加热，涂敷后便会凝固的建材。由于混合了三种材料，因此又称三和土。被用来制作土间的地板。

“……银行找我爷爷有什么事吗？”

即使知道客人的身份，依然无法弄清对方的目的。爷爷出生于昭和时代初期，并不信任银行这种机构，根本没有开设账户。因为爷爷身为工匠，能用成品交换现金，取得收入以生活。

就职于超有名的大型银行——东亚银行，并且是未曾听说过的部门的职员，竟然会来拜访这样的爷爷，还是在爷爷去世两年后的现在。由于晴完全没有头绪，表情自然变得很吓人，至于访客——东亚银行的梶先是轻轻叹了口气，再展开后续的谈话——

“其实……因为我们认为白藤誉先生修理过某个箱子……我今天过来就是想请问关于箱子的事。”

“箱子？”

晴在听到“箱子”这个词之后，表情仿佛条件反射一般变得更加吓人。他心想着“难道是……”，紧接着一种仿佛想法化为令人颤抖的寒气从脚底蹿上来的错觉袭向晴。不清楚梶是否发现晴的变化，只见他仍继续语气平淡地说道：

“是的。正确来说……是关于装在箱子里面的东西。”

单单是箱子就已经很麻烦了，如果是里面的东西就更加不妙了。那股强烈的不祥预感，让晴用力握紧拳头。

在高级五斗柜的制作上无人能胜过晴的爷爷，他是手艺高超的传统木工师傅，除了身为木工师傅的本行外，也会接制作或是修理“箱子”的工作。虽说是“箱子”，但不是指一般的箱子，而是有着特殊用途、用来收纳特殊物品的箱子。因为晴很清楚这会跟坏事扯上关系，所以决定装傻到底。

爷爷已经去世了，自己并不清楚爷爷的工作——正当晴打算这样开口回绝梶时——

“让客人进来坐吧。”

“！”

晴因为突然传来的声音惊讶地回头，看到苍一郎抱着蕨站在身后。苍一郎平时是个超级怕麻烦的家伙，就算有客人来也不会露面，所以晴觉得他今天应该也不会从客厅出来，不过他大概是靠着本能嗅到了味道吧。晴以不悦的表情暗示“给我走开”，打算赶走苍一郎，但苍一郎露出不可思议的表情说道：

“对方是来拜访爷爷的吧？这样让客人站在玄关说话实在太失礼。”

苍一郎似乎是听到白藤誉的名字，误以为对方是要来上香的客人吧。但晴不能在客人面前说出“不是这样，总之我不想找麻烦，所以要把人赶走”这种话。苍一郎讶异地看了一眼难以启齿的晴，热情地邀请梶进屋——

“欢迎，虽然空间不大，还是请进来吧。”

“你啊……”

正当晴打算开口训斥苍一郎“不要擅自决定”时，看到梶动作迅速地拿起放在敲土上的公事包，准备脱鞋，脸上满是期待着能跟对方仔细讨论的表情。如果苍一郎不在，晴就能把人赶走了，而且说到箱子里面的东西，如果跟自己想到的一样……晴怀揣着不祥的预感，抬头看向天花板叹了口气。

晴完全不想听梶打算说的事情，而且强烈感觉到不听对自己比较好，却无法反抗现场的气氛，也无法把突然来访的客人赶走。他在心里“啧”了一声并瞪了苍一郎一眼，不过苍一郎完全没察觉到晴的心情，只顾着带梶前往客厅。

“天气很冷，请坐进暖桌。”

就在苍一郎对梶这么说时，晴从后方抓住他的手臂，将他带到厨房的角落。

“你给我回自己房间。”

“为什么？”

“似乎……有些复杂的事情，所以……”

“对方不是来上香的吗？”

面对果然误会来客是来上香的苍一郎，晴强硬地说了句“你别管”打断他的话。

苍一郎眯起眼睛，看向嘴上说着“总之这件事跟你无关”、打算赶他走的晴，语带责备地说道：

“晴，你打算在玄关前面谈论复杂的事情吗？不，不对，你肯定是觉得麻烦，打算连听都不听就把人赶走吧？”

“……因为跟爷爷扯上关系的事情肯定会很麻烦。”

“拿爷爷跟你相比，会扯上麻烦事的肯定是你吧？”

被苍一郎用混杂着鄙视的表情如此指责，晴相当不悦，但这毕竟也是事实，所以无法反驳。苍一郎对着沉默的晴说了句“我去泡茶”就往厨房走去。晴先重重地叹了口气，接着朝客厅走去。这样的话，苍一郎肯定也会参与谈话，接下来……只能祈祷不是那方面的事情了。

梶身处四坪的客厅，用很端正的姿势跪坐在与暖桌有一段距离的地方，这个人真的很适合银行职员这种正经的职业。晴一边想着对方和自己简直是完全相反的类型，一边走向暖桌，坐到自己的固定座位上。

“不用太拘谨。”

“谢谢。”

“话说在前头，我并不清楚爷爷的工作内容。”

在谈话开始前晴就先说了“并不清楚”，让梶露出带着些许困惑的表情。他握紧放在腿上的手，询问起有关苍一郎的事情：

“刚刚那位是您弟弟吗？”

“我们看起来像兄弟吗？”

被晴反问后，梶陷入沉思。苍一郎和晴的身高、体型都不同，脸也长得完全不一样，梶觉得自己不该因为两人都在这个家出现，就问出这种单纯的问题。他小声地回答“不像”时，苍一郎的声音也在这时传来——

“我们是表兄弟。”

“表兄弟？”

苍一郎拿着托盘从厨房现身。对于他所说的话，梶似乎无法立刻理解，毕竟这是平时不常听到的用词。苍一郎重复了一次“就是表兄弟”，然后将榉木制的托盘放到暖桌上。

“晴是我爷爷的妹妹的孙子。”

“那么您是白藤誉先生兄弟的……”

“不，因为是母方那边的人，所以我和白藤爷爷没有血缘关系。”

虽然梶听完苍一郎的说明后说了句“是哦”，不过看起来还是没搞懂的样子。

“总之是亲戚。”

晴开口做了粗略的总结，接着看到托盘上只有一个茶杯，一脸讶异地向苍一郎问道：

“我的呢？”

“晴不是客人吧……请用。”

“也不准备杯垫……”

“你是银行的员工啊？”

苍一郎无视啰唆的晴，钻进暖桌，拿起放在桌上的名片。虽然晴慌忙地想从苍一郎手上将名片抢回来，但是因为距离太远根本够不着。

“特殊担保管理部？这个部门是做什么的？”

晴想用强硬语气要求苍一郎把名片还回来，但听到苍一郎对梶提出的问题后就闭上了嘴，因为他自己也很在意那个没听说过的部门名称。苍一郎仿佛看过之后就满足了，把名片丢了回来。晴眯起眼睛，瞪了他一眼，然后将注意力转向梶的回答。

“我们部门负责管理客人在贷款时所提供的一般不动产以外的特殊担保品，例如有价证券、美术品、古董、贵金属等。虽然不动产的价值会有波动，但是有价证券、美术品、古董、贵金属等物品的波动幅度更是剧烈，因此我们的工作就是定期确认，查证该物品是否还有担保抵押的价值。”

大概是常常被问类似的问题吧，对此棍相当熟练地进行说明。晴用力地皱起眉头，听完棍的话，总觉得不祥的预感正逐渐变成现实。与一脸忧郁的晴相反，苍一郎则惊讶地瞪大眼睛。

关于晴在意的地方，苍一郎出于别的原因也很感兴趣。他挺直原本弯曲的背，仿佛要探出身子般对棍问道：

“管理……古董吗？”

苍一郎的表情和声音都带着强烈的好奇心，对此晴忧郁地叹了口气。苍一郎不仅兴趣广泛，而且求知欲旺盛，也就是说他有着御宅族的特征，一旦遇上有兴趣的事情就会激起强烈的探究心。古董是苍一郎的兴趣之一，所以棍所说的内容对他而言，相当有吸引力。

平时的话，晴最多觉得“又来了”，但是今天的情况不同。他只想随便听听就早早将棍打发走，于是他就像要打消苍一郎的兴趣般一脸不满地说：

“他不只说了古董，还说到有价证券、美术品和贵金属不是吗？不要只听自已有兴趣的部分。古董只是一小部分而已吧？”

晴虽然如此断言，但是没能得到最关键的棍的肯定。这也没有办法，因为棍就是来谈晴最想避开的事的。

“在我们部门经手的担保品中，古董所占的比例的确较低，不过我今天过来就是为了古董的事情……”

“跟古董有关吗？究竟是什么样的事情呢？”

“……”

看着苍一郎因为听到棍的话变得无比兴奋，晴更想仰天长叹了。

光是有个跟爷爷扯上关系的箱子就让人觉得很麻烦了，现在连兴奋起来的苍一郎也要搅和进来……然而，梶不顾因为担心而满脸忧愁的晴，开口说明自己来拜访白藤家的原因——

“这件事与跟本行有业务往来的某个家庭持有的物品有关。虽然很抱歉，但是我不能明说，就用‘A家’来代称。A家与本行合作了相当长的时间，在A家前任当家展开多元化经营的时期，本行给他的公司批了相当高额度的贷款。七年前，在前任当家去世后，事业虽然由儿子继承，但因为经营不顺利便决定抽手不再过问公司营运。而后，那位继承人对新事业有了兴趣，来向本行申请贷款。然而A家的土地、房子都记在前任当家经营的公司名下，若想以此作为担保品便会演变成从公司出借的情况，无法用来担保。不过，A家还有前任当家收集的画作和古董。”

“所以改用那些来做担保？”

“是的。本来画作与古董这类物品，是在用有价值的不动产做担保后，再当成追加担保品。因为这次只有古董等物品却没有不动产，而且贷款额度更是史无前例，所以分行的融资科持反对意见，认为应该放弃这笔交易，但是本行和A家合作了很久，所以总行的高层还是批准了这次的贷款。”

光是看到说明事情原委时梶那一脸的苦涩，就让人觉得这次的贷款进展不顺利。一如所料，梶立刻补充说明A家现任当家的新事业早早就受挫了。

“而且……对方没有任何方法能还款，使得本行只能将作为担保品的收藏品处理掉。”

“真是惨呢，只是稍微晚一点儿还款，东西就会全部被拿走。”

“不，我们有给缓冲期限，也数度进行沟通，然而……情况完全没有好转，再加上除了我们之外……A家的当家还跟非正规的业者借钱，所以我们才认为他已经没有其他还款的方法。作为抵押品的画作和古董的确有其价值，我们是在经过审查后才决定放款。因为价格没有出现太大的波动，应该能顺利回收融资的金额，但是……在出售古董时出现了问题。”

单从这段说明就足以猜到问题的内容实在很不妥。如果可以的话，晴想在听到详情前让这件事就此打住，因而一脸不悦地插嘴说道：

“非常抱歉，打断一下，为什么……梶先生会来我们家拜访？”

“因为负责出售古董的人表示，如果是白藤先生的话应该会知道些什么，所以推荐我前来拜访。”

“……对方是哪位？”

“春霞古美术店的大东先生。”

在梶说出这个名字的瞬间，晴原本就相当难看的脸色变得更加阴沉。他眉头深锁，嘴角向下抿得紧紧的。春霞古美术店的大东是爷爷的朋友，和晴也有过数面之缘，但是晴知道大东和爷爷的关系是以很糟糕的方式画上句号的。正当晴思考着大东为何会提到爷爷的名字时，苍一郎小声地问道：

“你认识吗？”

“……”

虽说苍一郎对古董很感兴趣，但由于对古董的知识只集中在陶瓷器这一小部分，而且没有收藏古董，所以对店名相当陌生。晴没有回答，只瞪了空有知识的古董御宅族一眼后向梶问道：

“刚刚……你说有一个我爷爷修理过的箱子，那也是大东先生指出来的吗？”

“是的。我们在箱子上发现维修过的痕迹。大东先生表示维修的时间相当近，那肯定是白藤先生修理的……然后还把这里的地址告诉我了。不过，大东先生似乎不知道白藤先生……您的爷爷白藤誉先生已经去世。”

“……”

梶一脸困扰地说着，然后补充了一句：

“要是我在事前先打电话确认就好了。由于我查不到电话号码，所以只好贸然造访，真的非常抱歉。”

梶一脸歉意地说道。苍一郎则轻轻挥了挥手替梶打圆场：

“这也没办法，因为这里没有电话。”

“啊，果然。只有手机吗？”

“不，虽然我有手机，但晴连手机都没有。”

晴先是警告苍一郎不要说些多余的事，接着从暖桌里站起来，走到纸门敞开的厨房将水壶中的热水倒入茶壶，然后把茶倒入自己的茶杯。他捧着茶杯钻回客厅的暖桌中，先重重叹了口气，才开口说出梶原本要继续说下去的话——

“那些收藏里面……混了赝品吗？”

“……您竟然知道。”

“要说与古董出售有关的问题，也就只有这个了。”

“那个……难道白藤先生在从事跟古董相关的工作？而且您似乎认识大东先生……”

晴对梶无力地摇了摇头，先耸了耸肩表示“怎么可能”，接着补充说明自己会认识大东是因为通过爷爷见过几次面。说完，他喝了一口刚从厨房拿来的茶，发现那几乎是没有茶味的热开水，不禁惊讶地皱起眉头。他想到苍一郎才刚刚泡过茶，这样看来苍一郎虽然加了热水，却根本没换茶叶。

晴心想：这实在不是能拿给客人喝的东西啊……他瞄了一眼梶的茶杯，发现梶根本没有动过。于是稍微放下心来，将茶杯置于桌上，似乎很困扰地挠了挠头。

“在爷爷维修过的箱子里面，也装了赝品吗？”

晴仿佛为了确认因此问道。对此，梶一脸认真地点头表示肯定。当晴接着问：“是茶碗吗？”梶则瞪大了眼睛。

“正是如此……难道您有什么头绪吗？”

“怎么可能？我只是觉得如果是找爷爷修理过的箱子，那应该是木头质地且相当高级的箱子……”

因为他先前跟梶说过自己并不清楚爷爷的工作，要是说太多只会自掘坟墓，所以只好含糊地带过。

一旁的苍一郎则开口问道：“那是怎样的茶碗？”茶器也是苍一郎喜爱的领域之一。梶向兴致勃勃地发问的苍一郎回以“仁清”——茶碗作者的名字。苍一郎听了立刻回道：

“仁清吗，是那个野野村仁清吧？活跃于江户初期，在仁和寺前开设御室窑，取仁和寺的‘仁’和清右卫门的‘清’，自称‘仁清’

的有名陶艺家。目前被指定为国宝的十三件陶艺品当中，就包含两件仁清制作的‘色绘藤花文茶壶’和‘色绘雉香炉’。他也是以卓越的成形技术和巧妙的釉法来完成华丽色绘陶的人物……”

“您，您还真是清楚呢。”

梶惊讶地看着双眼闪闪发光且滔滔不绝的苍一郎。在听见梶询问“难道您就读美术相关科系”后，苍一郎很干脆地摇头否认。

“所以您是从事相关工作？”

“不，这是兴趣。”

“只要把他想成是个古董御宅族就好了。”

晴说着“对他不用太认真”，一旁的苍一郎愤怒地回以“这是什么意思啊”的表情，开始抱怨“真要说起来的话，晴总是……”但晴无视他那与事件无关的抱怨，双手抱胸陷入沉思。当梶说出“箱子里面的东西”时，晴立刻就知道这件事会跟古董赝品有关，所以才会下意识地想把梶打发走。

晴的爷爷誉并非完人，但晴不能把连苍一郎都不知道的事实告诉梶。晴一边烦恼着到底该怎么办，一边向梶试探地问道：

“大东先生说过我家爷爷和那个……和赝品有关吗？”

“不，大东先生只是说，如果是白藤先生的话应该知道些什么而已……真要说起来，这件事本身也相当曲折离奇。正如刚刚所说，A家的古董在拿来做担保时，本行也请了足以信赖的专家做过鉴定。因为在当时得到古董都是真品的结论，我们才会借贷给对方……然而，等到真的要变卖时，却从大东先生那里接到有几样古董有问题的通知……而且不只是仁清，其他的古董当中也混了赝品。由于本行有之前的鉴定报告，曾觉得大东先生无法信赖，还请了别的业者做鉴定，然而……”

“大东先生的眼光是正确的。那个人的鉴定功力货真价实。”

“确实如此……但我们收下这些担保品后还会定期鉴定检查，所以完全不清楚真品和赝品是怎么被掉包的……由于我们部门是负责管理的，也被追究责任……虽然目前正在持续进行调查，却完全无法查出真相。于是，大东先生给深陷烦恼的我介绍了白藤先生……”

看着梶摆出一副求助的表情，晴在内心重重叹了口气。大东虽然没有直接挑明这件事和爷爷有关，不过肯定有所怀疑。大东很清楚爷爷过去做了什么事，而且这次事件很有可能会和晴最不想回忆的“过去”扯上关系。

听见梶提到箱子时，所感受到的那股寒气再度袭来，他不禁皱起眉头。虽然对困扰的梶感到不好意思，不过也只能贯彻自己什么都不知道的态度，于是晴铁了心地摇头说道：

“这样啊……不过爷爷已经去世了，我也不清楚爷爷的工作，所以……”

“那么……您爷爷是否有留下什么书面资料？例如工作的记录或日记？只是些许线索也好……”

“没有呢。虽然木工师傅的确是爷爷的工作没错，不过那算是兼职，所以……”

晴开口道歉，梶则失落地垂下头去。

苍一郎在一旁开口问道：“难道真的帮不上忙吗？”但晴依然

皱着眉摇头。晴觉得要是在此时表现出些许同情的话，之后肯定会陷入最糟糕的状况，所以一直保持吓人的表情。

梶判断自己应该无法从晴这边获得情报，对自己突然造访表达歉意后就告辞了。晴和苍一郎送梶走到玄关，打算目送他离开。梶穿好鞋子后重新面向晴和苍一郎，露出不肯放弃的表情再次开口请求协助：

“如果……您想起什么或是找到什么线索，能请您立刻联系我吗？不论是多么微不足道的线索，我都想知道，拜托了。这是我唯一的线索。”

晴很困扰地看着低着头的梶，虽然觉得不好意思，不过晴完全没有要帮忙的意思。他觉得这么做也是为了梶好，此时更应该明确地直接拒绝。

“真的非常抱歉，这是我无法帮忙的事情，所以请不要期待。”

“能请教……原因吗？”

“因为我非常讨厌古董。”

大概是没想过会得到这种答案，梶露出惊讶的表情看着晴。晴无视用带着指责的语气喊着自己名字的苍一郎，说了句“路上小心”就转身回到客厅。

“打扰了。”没多久玄关那边就传来梶道别的声音，再过一会儿便听到苍一郎怒吼着“晴！”冲进来。

“你怎么可以说那种话呢？”

“我只是说了实话，让对方有所期待会更糟吧？”

“就算是这样……”

为了从愤怒地喊着“你未免太失礼了吧”的苍一郎身边逃开，晴离开客厅往浴室走去。晴虽然也对梶抱有罪恶感，但即使如此他仍不想跟这件事扯上关系。一旦插手，无论自己愿不愿意都一定会被卷入很麻烦的事情中。在叹气的同时，晴打算早早把梶的脸和从他那里听到的事情都忘记。

晴会往浴室走去，是因为想起浴室的打扫工作只做到一半，接着他的情绪也跟着回到原点。没错，他原本正打算打扫浴室，却看到苍一郎放在那里的箱子，所以才跑去苍一郎的房间怒吼。

他粗暴地拿起再次看到的箱子，大喊着：

“苍一郎！你要是不快点处理一下这个，我就拿去丢掉了！”

晴用威胁的语气问了一句：“可以吧？”苍一郎急急忙忙地跑过来。晴一边说着“拿去”，一边递给苍一郎。那是苍一郎用空盒子制作的手制培养皿，里面装的是他跑去岐阜采回来的白色蕈类。苍一郎小心地抱着晴递给他的盒子说：“不要那么粗暴啦，我明天要把这个拿给教授。”

苍一郎对蕈类也很狂热，有空时会跑遍全国各地观察、采集蕈类。现在是秋季，因为正值蕈类的生长季节，他在岐阜与众多蕈类相遇，度过了一段幸福的时光。然后，他把作为伴手礼采集回来的蕈类中比较特别的品种放进培养皿保存在浴室。

“为什么刻意放在浴室，不能放在外面吗？”

“浴室的湿度等条件比较合适，而且这要是跟放在外面的混在一起就糟了。”

“……糟了？”

苍一郎的表情跟平时一样，完全没有做了坏事的感觉，但是这样反而麻烦。晴进一步追问那句话是什么意思，苍一郎用平淡的语气回答：

“虽然颜色有点不同，不过这个应该是鳞柄白鹅膏。”

“唔！那是毒蕈！”

“真亏你知道。”

“它名字里就有个‘毒’字啊[③]！我说过不准再捡这种东西回来吧！你为什么每次都不肯听人说话呢！”

“我没有想过要吃掉这个，你放心吧。这要是被丢掉，我会很伤脑筋，只好放到外面去了……”

苍一郎如此说完，就离开浴室。从他的背影看来完全没有任何反省之意。过去，晴曾吃了苍一郎在山里采集的蕈类引发食物中毒，徘徊于生死之间，因此对苍一郎下令说绝对不准再采蕈类回来。不过，强调自己完全没事的苍一郎根本就没有听进去。

如果有香菇、鸿喜菇这类熟悉的蕈类也好，但是苍一郎采回来的都是对身为都市孩子的晴而言过于偏门的种类，只靠视觉根本无法分辨到底能不能吃。晴曾相信苍一郎的说辞吃了下去，但这种信赖因为一次的失败已经荡然无存。

晴打扫完浴室后回到客厅，看到苍一郎拿着原本放在庭园、装着蕈类的竹篮走进来。听到苍一郎说“晚餐就煮这些吧”，晴皱着眉用力摇头。

---

③注：此种蕈类的日文原名是毒鹤茸。

“绝对不要。”

“那也无妨，我就自己做自己吃，绝对不会分给晴。”

“你高兴就好。”

苍一郎眯起眼睛看了看晴，接着先把竹篮拿到厨房，然后回到暖桌里。他认真地对喝着冷掉的茶的晴说：

“这么说来，跟刚刚那个银行职员——梶先生提到我们家的，是大东先生是吧？那个什么古美术店很有名的吗？”

“是春霞古美术店。那可是老字号的名店。”

“哦……我之前就这么觉得了，晴不仅很了解古董，也很清楚业界的事呢。应该……不是受到爷爷的影响吧？我几乎没有听爷爷讲过古董的事情。”

“……”

苍一郎看着位于客厅角落的小佛坛低声说道。晴则一言不发。正如苍一郎所说，晴会那么了解古董，并不是受到誉的影响。虽然誉的工作是修理和制作收纳古董的箱子，却对古董本身没什么兴趣。他之所以有古董相关的知识是因为……

无视因为想起往事而心情苦闷的晴，苍一郎托着下巴看向摆设在佛坛上的照片。

“我不知道爷爷修理过装茶碗的箱子呢，原本以为他只是在制作五斗柜。不过爷爷的手艺那么高超，肯定什么都做得到吧。”

“……是啦。”

“爷爷使用刨刀的模样，光是在旁边看着都觉得很有意思。你还记得爷爷削下来的刨花薄到不可思议的地步吗？”

苍一郎怀念地这么说道。晴适当地做出回应，同时把茶杯中的茶喝光。苍一郎和誉虽然没有血缘关系，却不可思议地亲近。不爱说话且个性严厉的誉，跟亲生孙子晴之间几乎没有称得上是对话的交流。但即使是这样的人，对生长在复杂家庭的苍一郎而言，仍是能让自己感受到温暖和亲情的长辈。

晴和苍一郎初次见面是在晴二十岁、苍一郎十三岁的时候。从那之后，苍一郎就经常出入白藤家，即使在晴离开日本的那段期间也会定期来拜访誉，两人的感情因此不断加深。

“不过，既然那位大东先生认识爷爷，为什么会不知道爷爷已经去世了呢？”

苍一郎说出的单纯疑问，其实晴也想过。不过晴知道理由，于是轻轻皱起眉头向苍一郎解释：

“爷爷和大东先生之间发生了一些事情，他们在吵架之后分道扬镳。大东先生会不知道，可能是因为两人完全没有继续联系了吧。”

“一些事情是指什么？”

晴对立刻发问的苍一郎回以“就是一些事情”后，拿着空茶杯站起身来。他走进厨房一边给放着热水壶的瓦斯炉点火，一边想着自己所说的“吵架后分道扬镳”这句话。难道说……大东还在生爷爷的气，所以打算把麻烦事丢过来？不过，他又立刻否定了这个想法。正因为大东是个刚正不阿的人，才会选择和爷爷分道扬镳。

那么大东真正的想法果然是……有别于一脸忧郁的晴，身处客厅的苍一郎将手伸向梶留在暖桌上的名片。他拿起写着“特殊担保管理部”的白色纸片，向晴搭话：“话说回来，这也真是有趣的工作呢，负责管理用来抵押的古董。”

“……他不是说了古董占的比例相当低吗？”

“不过，那些收藏品的价值足以让他们借钱给那个出问题的家族，早知道就详细问问还有什么东西了。毕竟是能收藏仁清茶碗的家族，肯定还有很多种类的名品吧。”

苍一郎一脸陶醉地这么说。但晴完全不想与此扯上关系，为了打消他的兴趣，便板着脸凶狠地说：

“别说什么名品了，就是因为其中夹杂很多赝品，银行才会如此慌乱吧？而且会被赝品蒙骗的人，肯定没什么了不起的收藏。”

“不过，那位银行职员不是说在做鉴定时都是真品吗？这一部分也很不可思议呢。而且……那位大东先生为什么会知道修理箱子的人是爷爷呢？是不是有什么特征？”

“……跟爷爷有差不多手艺的人并不多，而且大东先生曾经给爷爷委托过工作，所以一看就知道了吧。”

晴一边随口回答苍一郎的疑问，一边更换了茶壶里的茶叶。他从茶罐中舀起新的茶叶放进去，在热水壶的盖子喀啦作响后关掉火炉，苍一郎的声音也在这时传来——

“所以说啊，大东先生让银行的人来我们家拜访的理由究竟是什么？是觉得修理过箱子的爷爷知道什么关于赝品的事情吗？”

“……谁知道。你要喝茶吗？”

“要。爷爷修理箱子时，里面装的究竟是真品还是赝品呢……他们调查过吗？不过鉴定时如果是真品，修理箱子时不可能是赝品吧？话说如果要修理箱子，真品应该会在其他地方保管。真搞不懂……”

听着苍一郎如此低声碎念，晴在心底重重地叹了一口气。晴实在不想让苍一郎得知爷爷的另一面，最好的方法就是不理苍一郎，装作丝毫不关心，所以他完全没有做出回应。

拿起热水壶将开水倒入茶壶后，晴原本打算把茶杯和茶壶一起放上托盘，却遍寻不着。想起刚刚苍一郎在端茶给客人时曾使用过，晴便走回客厅寻找。当晴打算顺手收起客用茶杯时，苍一郎又向晴搭话：

“那个啊，晴怎么看这件事呢？”

“……你是指什么？”

“所以说，你觉得那位大东先生在想什么？”

晴对再次发问的苍一郎回了一句“谁知道”，接着走回厨房。他先把客用茶杯放进水槽，再把茶杯和茶壶放在托盘上拿到客厅。他坐回座位上，把装了茶水的茶杯递给苍一郎后，一脸凝重地说道：

“你就别想了吧，反正那跟我们无关。”

“但是……”

“别跟古董这种东西扯上关系才是最好的选择。”

晴一脸不爽地说完，小口地喝起热茶。苍一郎知道晴虽然非常熟悉古董，却也很厌恶它，因此夸张地重重叹一口气，说道：

“唉……难道你不觉得梶先生很可怜吗？”

苍一郎先是发出仿佛觉得无趣的叹息，接着对晴动之以情。

“人家都跑来这种地方拜访了，结果却空手而回。他那悲痛的表情明明在说，除了我们家以外，他已经没有别的线索了，不是吗？

晴偶尔也做些能帮助别人的事情吧。”

“我直接把你这些话原封不动地还给你！你才从来没做过能帮到别人的事。”

面对晴的回击，苍一郎用鼻子哼了一声，说道：“我还是比晴好一点啦。”接下来，虽然苍一郎为了让晴有所行动，一直从旁鼓吹，不过终究还是因为晴毫无反应而放弃，只好不甘不愿地走回自己的房间。

终于能够独处之后，晴叹了一口气，视线落到暖桌的名片上。一想起梶在玄关露出的沉痛表情，他就感到一阵心痛。

然而，跟这件事扯上关系实在太危险了。晴决定当这件事没发生过，并把名片收进餐具柜的抽屉深处。

隔天，苍一郎早早就出门了。晴进入工作室大约一小时后，听见外面传来一道熟悉的声音说着“下午好”。因为嫌起身麻烦，晴直接向玄关那边喊了一声“在这边”。没过多久，一名皮肤偏白、有点肥胖的男子拉开纸门现身。这位男子有着充满亲和力的笑脸，正向晴询问“状况如何”。他叫桃园，在根津经营名为“PLUS FIVE”的杂货店。

“都放在那里了，你直接拿走吧。”

“非常感谢，我先看一下。”

走进白藤家的玄关后，正前方的深处是厨房，左边是客厅和苍一郎的房间，然后右边是曾经用作工作室的木板间，更深处便是晴用来当寝室的和室。工作室与和室相连，如今由晴取代誉，在这个采光明亮的房间里工作。

晴从年轻时起就没有固定工作，现在靠使用誉留下来的木材制作木雕糊口。销售则完全交给桃园负责，今天是交货日。

桃园坐在工作室的出入口附近，检查晴备好的箱子里所装的东西。他将木雕一一从箱子里取出，赞叹着“真是精致啊”，话语中完全没有客套的意思。桃园打从心底为晴所制作的木雕深深着迷。

“妖怪系列很受欢迎呢，一在店里上架就立刻卖光了。例如滑头鬼，细节的精致度真令人着迷。我个人则更喜欢子泣爷爷啦。”

晴和桃园的相遇纯属偶然。在誉去世后，晴无法忍受只是靠着爷爷留下的些许积蓄生活，不断尝试寻找能自力更生的方法。那时，他带着自己准备的、但不知道能不能当成商品出售的木雕四处推销。

然后，他偶然经过桃园的店，就抱着不管二七二十一的心情冲了进去。结果桃园一眼就相中了晴制作的木雕，还在店里设置专区。不仅如此，他会主动提供较有人气的主题，让晴制作的木雕立刻博得客人的喜爱。

“要是能让我再增加订单的数量就更好了……”

“这的确非常感谢，不过目前的数量已经是极限。”

手工制作的物品无论如何都有数量上的限制，所以即使晴的作品好到只要制作出来就能卖掉，实际收入却很有限。虽然生活还过得去，但想重建这栋屋龄六十年的房子依然是个遥不可及的目标。

房子四处都有明显损坏，漏风很严重，防寒效果也非常差。由于晴从小就住在这里，再加上先天体质所以挺得住。但苍一郎很怕冷，一直抱怨个不停，还早早就把暖桌拿出来了。

“到了冬天无论如何都得付暖气费用，所以我也想多做一些出售，不过……”

“若要做得那么细致，势必很难增加数量吧。对了，下次我的店会登上杂志的专栏，他们想特别介绍晴制作的木雕。那位编辑似乎也非常喜欢晴的作品呢。可以吧？”

桃园向晴如此确认。晴皱起了眉头，停下手边的工作，直视着桃园摇了摇头。

“……不，这样我会很困扰。”

“咦，为什么会困扰？那是正派的室内装潢杂志，也能替你本人做宣传哦。”

面对感到不可思议的桃园，晴抱着坚定的意志再度摇头。

在工作上得到桃园这名合伙人后，虽然无法过得太奢侈，但生活还过得去，所以晴对现况没有任何不满。他认为没有宣传的必要，或者说不想让自己的名字有更多不必要的曝光。

这点桃园以前就知道了，他露出困扰的表情歪着头说：

“……晴，你是不是有什么苦衷？”

“……”

“当我的店里开始出售你制作的木雕时，你也说过绝对不要提到你的名字对吧？一般来说，做这行的人都是在卖自己的名声，所以我一直觉得你的做法很不可思议。现在才说可能有点太晚了，但拥有如此手艺又能制作出富含故事性商品的人……冷静想想其实非常厉害吧……”

晴露出苦笑，对用试探般的眼神看着自己的桃园耸了耸肩，说了句“怎么可能”。否定之后，晴拿起身旁的茶杯喝了一口冷掉的茶，开始说用来说服桃园的借口——

“我会做雕刻，是因为总是在一旁看着身为工匠的爷爷工作，不想让名字曝光是不希望增加麻烦事。现在我光是接桃园你的订单就已经忙不过来了，要是有其他人来找我，说实话我会很困扰。虽然都在麻烦你让我有些过意不去……”

“说什么过意不去！这样一来你的作品就只会在我的店出售，我反而该感谢你才对。不过……”

“以后也请多多指教。”

适时将话题打住后，晴表示要去泡茶，就站起身来。在他拉开工作室的拉门、走到玄关前的房间时，看到玄关的毛玻璃对面有一道人影。这里不是路人会经过的地方，正当晴感到疑惑，打算走下玄关阶梯时，就听见对方的喊门声。

虽然玄关的拉门没有上锁，不过那位疑似是客人的人，似乎并不打算主动开门。无可奈何之下，晴只好穿上放在敲土的拖鞋，走过去把拉门打开。透过毛玻璃看到的人影只有一个，不过那人身后还有一个人，两人都是穿着暗色系西装的男子。

昨天也有一名穿着西装的男子来访，不过两者的感觉相差甚远。眼前这两人有着沧桑的感觉，与身为银行职员的梶所散发的清洁感完全相反。

“……请问你们是？”

由于同时还感受到危险的气息，晴毫不掩饰讶异的神情如此问道。晴的直觉非常正确，站在面前的年轻男子，出示了与自己那精悍的脸庞相当符合的身份证明。

“突然来访真是抱歉，我是警视厅的秋津，请问你是白藤先生吗？”

“……”

即便知道对方是警察，晴仍完全没有关于对方为何会来找自己的头绪。因为一瞬之间思考了太多事情，导致他无法开口回答，名叫秋津的刑警便再次问道：

“这里是白藤先生的家吧？”

“……是这样没错，请问你们有什么事吗？”

晴迟疑了一会儿才回答。秋津转头看了自己背后的男人，比三十来岁的秋津还年长的他，看起来大约四十岁。那人单靠眼神和秋津对话后，从风衣的口袋中取出身份证明，表示自己的名字是“矢田”。

“我们有一些事情想请问一下，你现在方便吗？”

“我现在有客人。”

“那么，我们在这里等，你忙完后再跟我们说一声。”

晴皱起眉头，看着用轻佻态度如此说完就拿出香烟的矢田。他的神经没有粗到能在警察找上门来，而且是在自己还完全搞不清楚状况的情形下，让警察在门口等着自己。见晴焦急地询问：“你们到底找我有什么事？”矢田用香烟指着房子的方向说：

“没关系吗？你不是有客人来访？”

“……是我认识的人。”

“是谁？”

“这跟你们要问的事情有关吗？”

矢田的问法让人有种厌恶感，晴下意识地皱起眉头。看到晴的表情，矢田连忙说了声“对不起”，同时取出烟灰袋捻熄香烟。

“一不小心就习惯性地什么都问了，让你感到不悦真的很抱歉，对不起。”

即使嘴上这样说，矢田依然用试探的眼神看着晴，让晴抱着“真是够了”的想法叹一口气。他想早点把这件事解决，于是开口催促对方说明——

“所以，你们有什么事？”

“你认识一位姓梶，任职东亚银行的男人吗？”

晴当然知道矢田所说的姓氏，毕竟是昨天才刚见过的人。然而，虽然他知道对方是指那名昨天才刚见过的男人，却不清楚对方询问的理由。晴一脸困惑地点头说：

“我认识，他昨天才来我们家拜访过。”

“大概是几点过来的？”

秋津拿出记事本后提问，晴努力地回想着。记得……是在他正想打扫浴室，却看到苍一郎采回的蕈类后发生的事……在晴回答“大约三点”之后，秋津继续询问：“对方待了多久？”

“应该是……一小时左右吧，因为当时太阳还没有下山……请问，梶先生怎么了吗？我和他昨天才初次见面，也不是他的朋友……”

“梶为什么会来找白藤先生呢？”

晴询问秋津时，矢田却从旁插嘴提出其他问题。矢田一再如此，晴感到愤怒，用强硬的语气反问：

“这有什么关联吗？你们突然来访，而且不做任何说明就不断质问我是想怎样？”

“真的非常抱歉，不过这是我们的工作。”

“你们来找我帮忙，我自然也有拒绝回答的权利吧。”

看着矢田只是嘴上道歉，态度却完全没有改变，晴坦率表现出怒气。在这时，秋津说着“好了，好了”打起圆场，先安抚年长的矢田，接着向晴道歉，从头说明目前的状况。

“请问你有看今早的新闻吗？”

“……没有。”

“昨天在世田谷的住宅内，发现了遭人杀害的男性遗体。作为该事件的重要关系人……我们请了梶来协助制作笔录。”

“杀害……你们是指昨天那位梶先生……杀了人吗？”

“梶否认自己杀人，但是我们也获得了目击证词。然而梶表示，在被害人遇刺的时间，他正身处白藤家。也就是说，我们是来确认他的不在场证明。请问白藤先生是独自与梶见面吗？”

“不……我的室友也在，但是他现在出门了……”

“他的名字是？”

说实话，晴不想回答，不过既然是要确认杀人嫌疑犯的不在场证明，要是随便拒绝而遭警方怀疑只会更麻烦。在晴回答苍一郎的姓氏后，对方又接着询问苍一郎的联系方式。

“请问他是否有手机？我们想确认一下……”

“……我不能擅自把号码告诉你们，能由我打电话过去让你们确认吗？”

晴慎重地这么说完后，秋津转头看向矢田。看到矢田微微动了动下颚，秋津才对晴说“麻烦你了”。虽然晴对矢田那种不论何时都很高傲的态度感到不悦，但还是走回家中，对待在工作室里的桃园表示:“我需要打电话，能借用一下手机吗？”桃园很清楚晴没有手机，也知道白藤家没有电话，所以立刻点头并从口袋中拿出智能手机。

拨给苍一郎后，晴回到矢田他们所在的地方。走到他们面前时，苍一郎接了电话。由于苍一郎的智能手机中也录入了桃园的手机号码，他以为来电者是桃园，于是很有礼貌地说了句:“你好。”

“……是我。”

“什么啊,原来是晴啊。不好意思,我现在在忙,能晚点再说吗？”

“这里有人要找你问一些事情，我让他们接电话了。”

虽然想先跟苍一郎说明一下，不过在眼前站着两名刑警的情况下，晴不想说些多余的话。他知道苍一郎很懂得应对这些状况，所以简短地交代完后，就把智能手机交给秋津。秋津从晴手中接过手机，先是表示自己是警视厅的人，接着说明状况。原本晴竖起耳朵仔细听着秋津说的话，却被矢田从旁搭话，因此受到干扰。

“你相当谨慎呢。”

“……”

“以前曾跟警察扯上过关系吗？”

晴用叹气回应矢田那种话中有话的问话方式,眯起眼睛看着他。

“调查这种事情是警察的专长吧？”

晴这样回答完后，矢田耸了耸肩。

“没这回事，大部分的人在被警察盘问时都会乖乖回答。像白藤先生这么有戒心的……大部分是有经验的人。”

“是会让人厌恶的经验对吧。”

“嗯……就各种意义上来说，的确如此。”

面对矢田充满深意的说话方式，晴再次重重叹了一口气。说实话，应该没有人会想跟警察扯上关系，晴其实也想这样回答，不过比起这个，他更在意梶的事情。

虽然晴昨天才第一次与梶见面，但是不管怎么看梶都不像是会杀人的男人。晴向矢田询问：“梶真的是犯人吗？”矢田一脸无趣地摇了摇头。

“因为白藤先生已经证明梶不在场，我们也只能放弃逮捕他。”

“你刚刚说过有目击证词吧？没有直接的证据吗？”

“你有兴趣？”

“见你们以这种形式来访，不管是谁都会有兴趣吧？”

“哦……”

刻意地如此回答后，矢田再次拿出收进口袋里的烟灰袋。他拿出先前放进去的香烟，重新点火再次抽起烟。对于不吸烟的晴来说，这是难以理解的行为，于是忍不住直盯着对方看。但矢田完全不在乎晴的视线，吐出烟雾后开口说：

“说到梶啊……关于他来拜访你们家的理由，那还真是相当有趣呢。”

“……你刚刚才问过梶来我们家拜访的理由吧？”

“有吗？我最近因为年纪大了，常常忘东忘西呢。不，所以说……虽然是从梶那边听来的，不过他说因为被害者持有的古董中有部分遭人用赝品掉包，所以他来拜访可能知道原因的人。白藤先生之所以如此慎重，该不会是跟这件事有关吧？当然，这都是我个人的推测啦。”

虽然矢田露出平和的笑容，不过眼睛完全不带笑意。晴的眉头皱得更紧了，明显表露出自己的不悦。正当他想着“光是说话就让人如此不爽的人还真少见”时，与苍一郎确认完的秋津将智能手机递了过来。

“非常感谢，我确认完了。”

“不会，这样你们满意了吗？”

“今天就先这样吧，感谢你的协助。”

说完多余的一句话并点头致意后，矢田对秋津说“走吧”，秋津则很有礼貌地鞠躬道别才转身追上矢田。一直等到看不见两人的背影后，晴用鼻子重重地呼了口气。看来被杀死的是仁清茶碗的主人，而且很难说不会有多余的火花烧到这边来。晴为了消除不好的预感轻轻摇了摇头后，垂头丧气地走回家里。

在向工作室里的桃园解释状况前，晴先询问能不能再借用一次智能手机，接着在点头答应的桃园面前重新打给苍一郎。苍一郎立刻就接起电话，并且表示他正准备回家。

“要回来？你刚刚不是说你很忙吗？”

“现在不是忙这些事的时候吧，发生了杀人事件啊。”

“……”

总觉得苍一郎的声音莫名地兴奋，不过晴也觉得当面谈一谈会比较好。他回答“知道了”就挂断电话，把手机还给桃园。毕竟跟桃园借用了手机，而且这不是需要隐瞒的事情，晴便跟桃园解释了昨天有个他素未谋面的银行职员来拜访，现在那人被当成杀人事件的嫌疑犯，所以警察来跟他确认那人的不在场证明。听完晴的说明，桃园惊讶地瞪大眼镜后方的小眼睛。

“杀，杀人事件吗？原来警察真的会确认不在场证明？”

“我也很惊讶呢。不过，当警察的怎么都是些性格恶劣的家伙啊，光是跟他们交谈都会心情变差。”

正当晴一脸不悦地说着时，听到外面有声音传来，先是一道刹车声，接着是巨大的“喀啦”声。他想着应该是苍一郎吧，然后又听到玄关的拉门被打开的声响。晴喊了一声“在这里”，便见苍一郎用力打开工作室的拉门把头探进来，急喘着气问道：

“所以呢？”

“什么‘所以呢’？”

“所以说，昨天那个银行职员杀了人吗？”

“谁知道？对方说是重要关系人……刑警问了你哪些事情？”

“就是那位先生何时过来、何时离开，似乎是在与晴的证词做比对吧。”

“嗯……我们的证词似乎会成为他的不在场证明，所以他们也只能放弃逮捕梶。”

晴一边说着从矢田那边听到的话，一边重新打量苍一郎，发现他其中一只脚上还穿着鞋子，刚刚的声响肯定是他随手丢下骑回来的自行车发出的，毕竟在电话中晴已感觉到苍一郎有点兴奋过头。晴板着脸斥责：

“比起那种事，你快点把鞋子脱掉，还有，别忘了跟桃园打招呼……”

苍一郎已经很习惯晴的碎碎念，于是脱下鞋子并随意地向桃园说了句“欢迎哦”，然后说着“重点不是这个啦”，朝晴靠了过去。

“昨天才刚见过面的人变成杀人事件的重要关系人，这不是很少见的事情吗？”

“的确是这样没错。”

桃园代替不太有兴趣的晴做出回应，打算和苍一郎讨论这起杀人事件，不过时机不凑巧，他的手机在这时响起。原来他在白藤家待太久了，店员打电话来请老板早点回去，他只能不情愿地答应。

桃园一脸不舍地道别，抱起装着商品的箱子走向玄关。为了送他，晴跟着走了出去。看见桃园和苍一郎一样，一脸好奇地说：“下次再跟我说事情的后续发展哦。”晴露出苦笑回应后，关上了玄关的拉门。

“我确认过网络新闻，发现被害人似乎是向梶先生的银行贷款的家族当家。”

“……”

当晴准备从敲土走上玄关时，苍一郎双手叉腰站在阶梯上，突然说出这番话。晴闭上嘴，一脸疲惫地仰望天花板。苍一郎这种人，如果是他没有兴趣的事，不管怎样都不会有所行动;但是只要稍微引起他的兴趣，就会整个人栽进去。但这次是晴不想与这事扯上关系，他完全没有兴趣追问详情，所以无视苍一郎走回工作室。

苍一郎完全不在乎晴的态度，跟在他后面进到工作室里，坐在开始工作的晴旁边，兴奋地说起从网上得到的情报。他就像在讲解蕈类时一样认真，这对晴来说实在是件麻烦事。

“是在世田谷的小野崎家，这就是梶先生昨天说的A家吧。小野崎家的前任当家经营的是进口生活杂货的公司，而且累积了一定的财富。不过这次被杀的人啊……好像是叫小野崎重吾吧，到了他这一代似乎就不再插手公司的经营。这部分和昨天听到的一样吧？”

“网络上连这种事都写出来呢……”

苍一郎一边滑动智能手机的画面，一边传达信息，晴则一脸惊讶地双手一摊。虽然苍一郎说“一旦发生事件，相关信息就会立刻在网络上出现”，不过晴别说是手机，就连室内电话都没有，所以他只觉得这个世界的闲人真多。

“被视为重要关系人、遭到警视厅调查的东亚银行负责人……这应该是指梶先生吧。杀人动机很可能是与贷款的问题有关……果然是那个吧？知道古董是赝品后过于愤怒就……痛下杀手？”

“你在说什么啊？那个人不是为了调查为什么古董会变成赝品才来我们家吗？而且在被害人遭杀害的时间，他就在我们家，我和你还帮他做了不在场证明。”

“啊，对，那么梶先生就不是犯人了。”

“但似乎有目击证词。”

苍一郎反问“到底是怎样”，晴则不悦地耸了耸肩一言不发。虽然苍一郎先前不在乎晴那种冷淡的态度，但随着不满的感觉逐渐累积，他露出不服气的眼神瞪着晴。晴也眯起眼睛回望苍一郎，叹了口气说起自己的想法：

“我昨天不是也说过，这件事跟我们无关吗？”

“也不能说无关吧？我们帮梶先生做了不在场证明哦。”

“这是两回事。”

只是说出实情的话也还好，晴完全不打算自己主动栽进去。

苍一郎斜眼瞪着明确表露出拒绝态度的晴，接着用手中的智能手机拨起电话。晴看着苍一郎，惊讶地想着他到底是打电话给谁，在听到苍一郎说的话后晴整个人弹了起来。

“……国？我是苍一郎，有些事想请教一下，请回我电话。”

“！”

心中的预感被命中，晴急忙伸手想抢苍一郎的智能手机。不过在晴碰触到手机的同时，苍一郎把电话挂断了。听到苍一郎语气平淡地说：“因为是语音信箱，我只是留言而已。”晴回道：“你到底想问什么！”他的语气理所当然地带着愤怒。

“很多事情啊。国的话应该清楚详情吧。”

“你在说什么啊！事情只会变得更复杂，绝对不要跟那家伙说任何事情！苍一郎，听到没？既然我们什么都没有做，那就静静等待风暴过去就好。”

“可是我很在意。”

晴愤怒地对苍一郎说“没有什么好可是的”，接着做出“就算对方打电话来也不准接”这种过分的要求。苍一郎含糊地回应并站起身来，一脸事不关己的模样，再度出门。从苍一郎的态度来看，他明显是觉得如果待在家里接到回电的话晴又会唠叨，所以为了避开这个状况选择了出门。看着苍一郎离去的背影，晴要求他不要做些多余的事，但也知道他应该不会听进去。

晴长长地叹了一口气后继续工作，却怎么样也无法集中精神，结果就在没有达成预定目标的情况下到了傍晚时分。

晚秋时分太阳较早下山，一过下午五点天色就完全黑了。开灯工作到傍晚六点多后，晴收拾好工具走出工作室，来到厨房打开冰箱看了看，却没有找到能做晚餐的材料，无可奈何只好外出购买。

晴经过月影寺院内，通过小巷子转到三崎坂，穿过住宅区内的小路往商店街走去，迅速买好蔬菜、肉以及不用烹煮的熟食等东西就踏上归途。一路上四处都有小酒馆，其实晴还挺想留下来喝一杯的，不过一方面是没钱，另一方面是苍一郎的动向让他很在意，所以买好东西就早早回家了。

他拉开玄关的门后，立刻倒抽一口气。

“……唔。”

一双不属于苍一郎，也不属于晴的皮鞋整齐地摆在玄关口。会穿这种皮鞋，而且即使家里没人仍会擅自进去的，就只有一个人。晴连忙脱下拖鞋，提着购物袋冲进客厅。

“欢迎回来。”

大概是听到玄关传来的开门声，挺直身坐在暖桌里的男人平淡地看着晴打了声招呼。在他身旁相隔一段距离——或者该说是若即若离的地方，趴着五月艾和蕨。看到晴之后，两只猫以一副“真拿你没办法”的模样起身离开客厅。感觉到两只猫仿佛在说“你回来前我们都好好看管着他哦”的同时，晴努力压抑动摇的心情，问对方为什么会在这里——

“怎么了吗？怎么突然……难道是因为苍一郎的电话……”

“怎么可能？我才没有那么闲，只是偶然因为出差过来总部附近而已。我听了语音信箱的留言，回拨之后，苍一郎一直没有接电话，所以想过来看看。”

“出差……原来如此。”

晴点点头低喃“实在太不凑巧了”，接着把原本想说的话都吞下去。

“发生了什么事吗？”

眼前的男人——望月国崇如此问道。晴没有立刻回答他，而是把购物袋放进厨房。反正这个家不大，只要把纸门打开，分处厨房和客厅一样能对话。晴一边把买来的食材放进冰箱，一边对国崇说：

“没什么大不了的事,苍一郎肯定也忘记自己曾打电话给你了。”

“是这样吗？”

“是啊。明明你已经很忙了，还让你跑一趟，真不好意思。”

现在他们身处不同的空间，晴觉得这反而是个好机会，既然国崇没跟苍一郎联系上，自己只要适度地蒙混过去就好。光是有因为感兴趣便擅自行动的苍一郎在就很麻烦了，要是加上更棘手的国崇……晴觉得自己已经受够多余的麻烦了，便试着把话题带往别的地方。

“身体状况还好吧？你那边应该差不多要下雪了吧？”

“托你的福，身体很不错，那边也已下了第一场雪。所以，遇上了什么问题吗？”

“……”

原本打算随便聊聊扯开话题，国崇却在简洁地回答后又问了一次，晴没办法再装死，不禁皱起眉头粗暴地关上冰箱。晴刻意让自己放松表情才朝客厅探出头，反问国崇：

“你说的问题是指什么？”

“每当你想蒙混某些事情时，就会说出关心我身体状况的话。”

由于国崇冷静地一语中的，晴觉得自己的脸颊顿时僵硬起来，只得靠着纸门思索应对的方法。对方是自出生以来便结下的孽缘，不仅连晴在想什么会被完全看穿，国崇还相当聪明。晴判断这时候只能跟平时一样粗暴地打断话题，于是说道：

“没事。”

“果然发生了什么事吧？”

“没事啦。”

“我早晚会联系上苍一郎，到时候就真相大白了。”

“我说啊……”

晴受够那种让人想起中午遇见的矢田刑警的语气了，不禁露出可怕的表情。这时，国崇的智能手机响了起来。从怀中拿出手机看了看后，国崇朝晴瞥了一眼。光是这个动作，晴就明白来电者是苍一郎了，不禁绝望地叹了口气。

“……好。啊，没问题，我在晴家里。你要回来的话我会在这里等，在那之前先告诉我发生了什么事吧。”

不等苍一郎回来，国崇先在电话中问起状况。晴觉得自己没办法再跟国崇说下去了，便回到厨房里开始准备晚餐。饭已经煮好，加上刚买回来的熟食当配菜，接着只要煮个味噌汤就好。正当晴打算拿出锅时，却发现锅已经放在瓦斯炉上，打开盖子一看，锅里还留着苍一郎昨天煮的蘑菇汤。

晴实在没有兴趣吃这个，于是盖上盖子，拿出其他锅装水点火，这段期间依然能听到从客厅传来国崇和苍一郎聊电话的声音。晴祈祷着苍一郎不要说出麻烦事，但因为已大致猜到接下来会怎么发展，他的心情变得越来越郁闷。

当晴切着萝卜准备当味噌汤的汤料时，听见国崇的声音从近距离传来——

“……我大致上了解了，至于该怎么办等你回来再讨论……啊，路上小心。”

晴转过头去，看到刚与苍一郎说完电话的国崇站在正后方收起手机。晴一言不发地继续切萝卜，国崇则开口问出让他无法回答的问题——

“是跟爷爷有关的赝品吗？”

“……为什么你会这样觉得？”

“这么说虽然不太礼貌，但爷爷的确很有可能这么做。你应该也很清楚吧？”

“……”

身为同龄的童年玩伴，国崇与晴从小就认识，而且很清楚誉不单单只是一位技术高超的工匠，在本行以外可能还在做别的事情。与苍一郎不同，由于国崇知道所有实情，晴无法彻底否定他的指谪。

“就算有这个可能性，我们也不知道爷爷是否真的修理过那个箱子……”

“就是因为认识爷爷的人看过箱子后这么觉得，才会叫那个人来这里拜访吧？那个认识爷爷的人其实也知道，爷爷在过去到底做了什么吧？”

“即使如此……就算真的是这样，爷爷也只是修理了箱子……”

“是那个男人做的吗？”

听到国崇压低声音如此问道，晴切着萝卜的手因为想起痛苦的回忆而停下来。总觉得打从梶突然来访，并说出包含古董和春霞古美术店的大东这些晴不想触碰的过往后，在他内心浮现的那股不祥预感，正随着国崇的问话开始有了现实感。晴叹了口气，转身眯起眼睛看着站在身后的国崇。

“……我不知道苍一郎跟你说了什么，不过我不打算跟这件事扯上关系。国，你听好，苍一郎不知道爷爷做过什么坏事。那家伙只是很纯粹地仰慕着爷爷，我不希望事到如今还让他得知那些可笑的事。”

“……”

国崇面无表情，一言不发地看着认真这么说的晴。一会儿后，他低声说："只有这件事吗？"

"嗯？"

"你不想让苍一郎知道的，只有爷爷的事吗？"

"……"

被国崇这么一问，晴的表情瞬间变得非常严肃。虽然至今为止晴都是一脸不悦的样子，但他此刻散发的气息跟先前完全不同。

国崇直视着这样的晴。他从小就总是站在正确的一方，冷静地观察周遭。晴讨厌被他那仿佛评鉴般的眼神盯着，夸张地叹了口气。

"所以我才说不想跟这件事扯上关系……"

正当晴说出"扯上关系"四个字时，开门的声响自玄关传来。晴顿时一阵惊慌，赶紧叮嘱国崇不要多说什么。虽然国崇没有给出明确的答案，不过晴认为他应该不会说出什么不必要的事。

"我回来了。"

才刚听见苍一郎的声音，下一秒就看到他急急忙忙地冲进来。

因为有事要跟国崇说，苍一郎上气不接下气地冲回来，感受到围绕在厨房这两人间的诡异气氛后，他一脸不可思议地开口问道：

"怎么了吗？"

"……还不都是因为你！就跟你说不要把这么麻烦的家伙找来！"

"竟然说我是麻烦的家伙？"

"我根本没想到国会因为出差回来东京啊。这时机刚刚好，真是得救了。"

"是死定了才对！"

大喊着表示反对后，晴表示“我正在煮味噌汤，不要妨碍我”，便把那两人赶出厨房。焦虑时所切出来的萝卜体积非常大，晴忍不住迁怒于国崇，觉得自己会切得那么难看都是那些家伙害的。

当晴煮好味噌汤时，换好衣服的苍一郎也走进厨房。

“明明只要把剩下的蘑菇汤喝掉就好了。”

苍一郎一脸不满地说。晴则皱起眉头瞪着他，接着把准备好的晚餐放到托盘上端到客厅。为了不妨碍坐在暖桌里用手机与别人通话的国崇，晴用手势询问他要不要一起吃饭。看到国崇点头，晴回到厨房跟正在添饭的苍一郎说也要准备国崇那份。

这顿朴实的晚餐包含白饭、味噌汤以及买来的熟食。东西都在桌上摆放好时，国崇也挂断电话。三人围着暖桌坐着，双手合十说了声“开动了”。

“身处高位的你应该有很多邀约吧？根本不用在我们家吃这种粗食。”

“虽然有人邀我去吃饭，不过我以母亲身体不好要去探望她为由拒绝了。”

“阿姨的身体很硬朗吧。话说你是先回家露个脸再过来的吧？”

国崇完全无视晴的发问，喝了一口苍一郎端来的蘑菇汤，赞道“真好喝”。受到称赞的苍一郎高兴地说“是吧”，接着说明那是用从岐阜采回来的蕈类所煮的汤。

“那种东西真亏你吃得下去。”

“很好吃哦。怎么，晴不吃吗？”

“你已经不记得那场骚动了吗？”

那时候也跟现在一样，晴、苍一郎与偶然来访的国崇三个人围着餐桌，在把同样是苍一郎出门去观察蕈类时采回来的菇丢进火锅吃掉后，就只有晴出现食物中毒的症状，还落得必须住院的惨况。

遇上那么惨烈的事，晴发誓绝对不再吃苍一郎采回来的蕈类也是理所当然。不过那两个人似乎已经完全忘掉这件事，甚至还指责晴很固执，让他很生气。

“竟然说我固执？你们两个也去经历一次那种状况看看啊，这么一来肯定能理解我的痛苦……话说回来，国，那个可乐饼是我的。”

“不要说那种不近人情的话，你许久未见的童年玩伴难得回来啊。”

“说什么许久未见，你完全是找尽各种理由常跑回来不是吗？”

国崇在春天时被外派到新潟，目前独自住在那里。原本他做的就是人事调动和外派较多的工作，这已经不是第一次被派到东京都外。但不管住得远还是近，他们与忙碌至极的国崇见面的频率跟以前相比并没有太大差异。

“比起这个，那边的状况如何？”

像要打断一旦开始抱怨就没完没了的晴，苍一郎向国崇问道。国崇将空饭碗递向晴要求再来一碗后，回答：

“似乎已经把人释放了。虽说有目击证词，不过也只是说在犯案时间前后看到疑似重要关系人的身影。由于本人否认犯案，也没有任何直接物证，再加上又有不在场证明，所以只能释放他。”

晴从国崇手中接过饭碗，一边走向厨房一边听着背后传来的话并叹了口气。晴很清楚苍一郎联系国崇的目的。国崇是任职于地方警视厅的高级官员，目前的职务是新潟县警的警备部部长，不过也有在警视厅搜查一科待过的资历，所以在各处都很吃得开。实际上，他光靠一通电话就能弄清搜查状况，这对根本不想扯上关系的晴来说很麻烦。

“做出这种滥用职权的事情没关系吗？”

“我又没有要求他们做些什么，而且担任搜查本部管理官的人是我的后辈，我只是稍微问些消息。”

把添好饭的碗递回去的同时，晴稍微讽刺了一下，不过国崇很干脆地反击了。丢下在内心啐了一声的晴，苍一郎向国崇问起该事件的具体情况。

“杀害方法呢？网上说是遭人用硬物殴打。”

“没错，正确来说是水晶制的烟灰缸。在被害人的后脑勺发现被殴打的伤痕，不过那不是致命伤，被害人在遭到殴打后跌倒，太阳穴重重撞到柜子角才是死因。”

“命案现场是被害人自己家里吗？”

“是自己家里的会客室，而且小偷犯案的可能性很低，恐怕是在跟犯人会面时，两人一言不合吵了起来吧。”

“所以是冲动性犯罪？”

“单就杀害方法来看，实在很难说是经过计划的。凶器也遗留在现场，不过凶器上的指纹都被擦掉了，要怎么活用这点就成了最大的问题。”

对于警察来说，应该想用比伤害致死罪更重的杀人罪来起诉犯人吧……在晴对国崇那种居高临下的语气感到不悦的同时，也对苍一郎提出忠告，因为苍一郎只顾着说话完全没有动筷，国崇则趁机一口接着一口吃掉配菜。

“因为有国在，一不小心就会全部被他吃光哦。”

“啊……糟糕。晴，把国的那份放到别的盘子上啦。”

“这样会增加要洗的盘子。话说回来，国，你也收敛一点。我没有想到你会过来，所以只买了两个人的晚餐啊。”

“我现在这样已经很收敛了……再来一碗。”

虽然惊讶国崇还要第三碗饭，不过他每次都这样，晴也懒得抱怨了。但晴没有接过饭碗，而是将放在厨房的电饭煲整个搬到客厅，他觉得这样比较快。但若是将电饭煲交给国崇，白饭肯定会被他全部吃光，所以晴把电饭煲放在自己身边并帮他把饭添好。

“拿去。”正当晴冷冷地把饭碗递给国崇时，“不好意思”的喊门声与玄关门被打开的声响一同传来。晴与苍一郎听过那道声音，因此吃了一惊，彼此互望一眼。

“晴……”

“……”

晴没有回答语气中透露出“该怎么办”的苍一郎，一言不发地站起身。他走出客厅看向玄关，一如所料，话题中的主角梶一脸疲惫地站在那里。虽然梶身上穿着与昨天相同的西装，但是那股整洁感已经消失，他的眼白也充血发红。虽然晴知道梶会如此疲惫的原因，却不清楚他来访的意图。

面对压抑着困惑心情走到玄关阶梯前方的晴，梶开口道歉：

“突然来访真的很抱歉。”

“不会……那个，你没事吧？”

“是的……真的非常感谢。我从警察那边听说了……是白藤先生帮忙证实了我的不在场证明。”

“不用客气，我只是如实回答而已。”

“我是来道谢的……另外，还有一件无论如何都想跟您请教的事情。”

梶作为杀人事件重要关系人接受审讯，会一脸疲倦是理所当然的事，但是他的表情还带着一种被逼到极限的严肃，这反而加深了晴的困惑。虽然不知道梶究竟想说什么，但是晴实在无法拒绝他。

“请进。”

邀请梶进屋后，晴往客厅走去。跑来偷看玄关状况的国崇和苍一郎无言地看着晴，但是晴只用眼神回应他们，接着帮梶铺了坐垫。

“你们正在吃饭吗？真不好意思，打扰了。”

“不会，我们差不多吃完了，请不用在意。”

走进客厅的梶一看到桌上的晚餐就露出很抱歉的表情，接着他看到初次见面的国崇，向晴询问：

“……这位是您的哥哥吗？”

“不是呢。”

晴觉得梶先将苍一郎当成他弟弟，又把国崇当成他哥哥，实在没什么看人的眼光，同时抱着讶异的心情摇头否认。晴简单地说明：

“他只是我的童年玩伴，今天是偶然来玩的。他也知道目前的状况，所以不用在意他。我们正在讨论梶先生的事情，能帮别人证实不在场证明的机会并不多呢。还有，我们和国这家伙很熟，所以你真的不用担心。”

“真是一场灾难呢，不过梶先生没有被逮捕吧？”

正当晴忙着解开梶的困惑时，有过一面之缘的苍一郎从旁插嘴问道。苍一郎压抑着想追根究底的心情，简单地问道。梶对他说着“很抱歉造成各位的困扰”之后，再次表达歉意——

“真的非常抱歉。我也……几乎是在什么都不知道的情况下……就被警察带走了，真的是很困扰。”

“他们是突然跑去银行把你带走的吗？”

“不是这样……关于这点，我其实也有事情想请教白藤先生……”

说完这句话后，梶仿佛有些犹豫似的闭上嘴巴。因为他看起来不像是不想说，可能是在考虑叙述的顺序，晴决定去帮梶泡茶。他从厨房取来客人用的茶杯，拿起放在暖桌旁的茶壶倒了茶水递过去。梶先向晴道谢，喝了一口茶润了润喉咙后，开口述说：

“其实……昨天从这里离开之后，我就接到小野崎先生打来的电话。小野崎先生就是……我昨天提到的A家现任当家，同时……”

“也是被杀害的被害人对吧？”

听到苍一郎迅速把话补充完，梶露出吃惊的表情，但依然点头表示肯定。晴狠狠瞪了苍一郎一眼，用眼神要求他闭嘴之后，重新面向梶。

“所以说，对方当时……还活着？”

“是的，我也跟警察说过这件事，请他们去确认通话记录。”

“那个……小野崎先生是为了什么事情打电话给你呢？”

“关于这点……因为他非常慌张，我其实听不太懂他想表达什么。但是……他说了‘从一开始就是赝品’之类的话。说到赝品……我只会想到那些古董，所以问他究竟是什么意思，然而小野崎先生只是不断重复同一句话……我实在搞不懂，就对他说我们当面谈一谈吧。”

困惑的梶仿佛是一点一点在回想，听到他所说的内容，晴皱起了眉头。居然会说从一开始就是赝品，小野崎为什么会说“从一开始”呢？为了确认，晴对正打算继续说下去的梶问道：

“请等一下。昨天梶先生不是说过，银行在同意用那些古董做抵押时，曾通过值得信赖的渠道做过鉴定，而且得到那些都是真品的结论吗？”

“是的。我们委托以辨识眼光闻名的御池艺术大学的追分教授做鉴定，并由他挑选各方面的古董专家，鉴定后得到东西都是真品的保证。因为我真的不懂小野崎先生为何事到如今会说出那些收藏从一开始就是赝品，所以慌慌张张地坐上出租车前往位于等等力的小野崎家。当我抵达时，小野崎夫人和华英小姐已经因为小野崎先生的死亡陷入慌乱，接着警察立刻赶到现场。正当我因为走也不是，留也不是的状况烦恼时……刑警就要我去警察局接受调查……”

“我听警察说有目击者……那究竟是怎么一回事？”

“是的。华英小姐在证词中表示她回家时曾看到我从他们家离开。所以警察似乎认为，我在杀害小野崎先生后先离开，然后装作什么都不知道的模样再跑回来。真是被摆了一道……”

梶叹着气，脸上露出非常疲惫的表情。如果梶是无辜的，这个状况实在很悲惨。晴不禁用责备的眼神看向身为警界人士的国崇，他却摆出一副“与我无关”的表情继续吃饭，还再次把空碗递了过来。晴毫不掩饰焦虑的情绪，先帮国崇添了第四碗饭后，转而同情地看向梶。

“真是相当悲惨的遭遇。不过……这么一来梶先生就没有跟小野崎先生说上话吧？”

“是的。没想到小野崎先生竟然会被杀害，真的让人很震惊……杀害小野崎先生的凶手究竟是谁呢……虽然有很多事情想问，但是没能得知小野崎先生究竟想说什么，这点真的让我十分悔恨。我无论如何都想知道那句话是什么意思……所以，才会再次来访，希望白藤先生能协助我。”

虽然晴多少有“说不定会是如此”的预感，但自己昨天明明非常明确地拒绝了。面对皱起眉头的晴，梶露出哀求的眼神直视着他说：

“我认为小野崎先生肯定是得知了什么事情，才会打电话给我，但是我完全没有该如何调查的线索……唯一的方法就是来拜托白藤先生了。如果至少能查出白藤誉先生修理那个箱子的原因，说不定能从中知道些什么……”

梶一边说“拜托您了”一边把手放上榻榻米，几乎要把身体折断一样深深地低下头，这姿势仿佛在磕头。晴连忙表示“快把头抬起来”，然而梶依旧保持低头的姿势，不断重复着“拜托您了”。

因为接受警方调查，梶显得极度疲惫，缺乏活力。被他低头拜托，实在令人感觉很糟，而且他原本就是个没有架子、个性相当温厚的人。对于眼前的状况，虽然晴内心觉得自己仿佛做了什么坏事，但这终究是不能接受的委托。正当他拼命寻找拒绝的借口时，有道强烈的视线从旁边传来。

“晴。”

晴不悦地望向摆出一脸要吵架的表情叫着自己名字的苍一郎。“不觉得梶先生很可怜吗？你真是恶魔”——虽然可以感觉到这样的责难正从苍一郎体内满溢出来，不过晴也能预料到自己一旦扯上关系，绝对无法全身而退。果然，这时候即使被当成恶魔也要……就在晴下定决心打算开口拒绝时，梶的额头也越来越贴近榻榻米。

“拜托您了，我现在只能依靠白藤先生！”

从梶全身散发出来的觉悟，压住了晴原本要说的话。明明晴强烈感受到自己会卷入麻烦中，甚至有可能不得不触及自己长年以来掩盖的过去，却仍无法狠下心拒绝。晴一边心想自己究竟有多软弱，一边叹气说道：

“……梶先生，拜托你快把头抬起来。我不是能帮到梶先生的人……”

“我并不是希望白藤先生能查明所有真相，只是，如果能知道关于那个箱子的事情，说不定就能从中找到什么线索……”

“就是说啊，就算只帮忙调查爷爷修理过的箱子也好吧？晴。”

“……”

晴一脸不满地看着帮梶说话的苍一郎，同时用低沉的声音回答

“我知道了”。晴诅咒着因无法反抗现场气氛、只能答应的自己。相对的，梶和苍一郎则把高兴全写在脸上。

“太好了！真是太好了呢，梶先生。”

“是的，真是太感谢了。”

望着欣喜的两人，晴长叹了一口气。这时，国崇对着早早就因为接受委托感到后悔、整个人陷入忧郁的晴递出空碗。晴一边怒吼着“你到底要吃几碗啊”，一边打开电饭煲，结果发现煮了五杯米的白饭几乎快见底了。他先表示“这是最后一碗哦”才把第五碗饭递给国崇，接着再度向梶确认：

“我只调查我家爷爷修理过的箱子，关于里面的赝品我可能查不到什么，这样没关系吗？”

“是的，没有关系。”

“……那么，能让我看看那个箱子吗？虽然没有怀疑大东先生的意思，不过我想亲自确认那个箱子是否真由爷爷修理过。”

“我知道了。但是我无法把东西从小野崎家带出来，所以得请您亲自走一趟，这样可以吗？”

“我明白了。”

“不过，小野崎家才刚发生身为当家的小野崎先生惨遭杀害的悲剧，我希望能先得到小野崎夫人的首肯再通知各位。”

听梶这么说，晴便将苍一郎的手机号码告诉他以便联系。原本梶一脸倦怠地来拜访，可能因为晴答应帮忙，所以安下心来，此时表情多少变得开朗些。

梶再次为自己在晚饭时间前来打扰一事道歉后就告辞，已经吃饱的苍一郎则送他到玄关。国崇放下空空如也的饭碗，压低声音对一脸忧郁的晴问道：

“你怀疑那不是你爷爷修理过的东西吗？”

“不……大东先生的眼光是毋庸置疑的，恐怕不会有错。”

“那么，你是要确认什么？”

国崇带着锐利的眼神，散发出一股晴若不好好回答就绝不罢休的气息。晴叹了口气，向他说起自己的想法——

“……即使爷爷曾修理过箱子，我们也不知道他和这件事是否有直接关联。古董是种会在人与人之间传来传去的东西，如果那是辗转去到小野崎家的东西……那我也没办法。”

“哦……你是觉得，如果那不是特别订制的东西，就能当成跟自己无关吗？”

正如国崇所说，晴想确认的是那到底是不是为了欺骗小野崎家前任当家才特别准备的东西。他觉得国崇用“特别订制”这个词相当巧妙，于是刻意不予回应，而是拿起筷子。他打算把碗里剩下的半碗饭吃掉，却发现配菜已经全被国崇吃得一干二净。

晴无可奈何地站起身来，走到厨房从冰箱里拿出腌萝卜，这时去送梶的苍一郎也回来了。

“晴，梶先生说等小野崎家许可后会立刻联系我们。”

“知道了。你接到电话再跟我说吧。”

晴跟着苍一郎一起回到客厅，把腌萝卜放到白饭上，接着把茶倒进碗里。在晴吞下茶泡饭的同时，忧郁的心情也不断高涨。虽然他已跟梶做出了承诺，不过一旦确定这件事跟誉有直接关联，他也不可能当没看到。

一直皱着眉头把茶泡饭吃完后，晴突然发现国崇正在嚼着腌萝卜。明明国崇整整吃了五碗饭，还几乎一个人把配菜全吃光，竟然还有食欲吃腌萝卜，实在令人惊讶。

“你打算连别人家的酱菜都吃光吗？”

“这只是在去除味道。”

“我可没有端出需要去除味道的菜……”

“比起那种事，你们觉得犯人是谁？”

苍一郎一脸无趣地看着餐桌上的幼稚争执，托着脸向两人询问意见。说到杀人事件，晴就更没有兴趣了，因此不悦地瞪了他一眼没有回话。国崇则歪着头回答：

“谁知道呢……搜查总部似乎还没有锁定下一个嫌疑犯。原本以为有目击证词便能早早破案，结果却事与愿违，现在他们应该非常焦虑吧。”

晴瞪着一边说“这么一来只能一个个地调查相关人士”，一边吃着腌萝卜的国崇。他有种这样下去腌萝卜真的会被吃光的危机感，于是赶紧收起腌萝卜，把它送回冰箱里避难，接着在苍一郎的帮助下，把碗盘都拿到水槽。晴一边洗着碗盘，一边听着另外两人在身后做着各种推理，不过那些推理内容对晴来说，根本怎么样都无所谓。

某个想法在他脑中挥之不去，内心的焦虑也不断累积。越是不祥的预感，越是准确——想到把这句话当成口头禅、如今已经去世的誉，晴的心情就变得更加忧郁。

隔天中午过后，原本外出的苍一郎于下午两点左右回到家。晴板着一张脸，看着一边说“梶先生通知我，已经得到小野崎夫人的同意了，立刻出发吧”，一边冲进工作室的苍一郎。

“……知道了，我现在就出门。小野崎家在哪里？”

“你在说什么啊，难道你打算一个人出门？”

“你没有必要跟去吧？”

“有啊，当然有。”

晴知道要是带着苍一郎一起过去，就非得注意一些额外的事情，原本打算独自前往，但是苍一郎一脸不满地表示自己也要跟去。经过一段时间的辩论后，苍一郎占了上风。

“真要说起来，晴根本不知道要怎么前往小野崎家吧？”

“所以我才要你告诉我住址啊。”

“即使知道住址，要是迷路了你要怎么办？晴没有手机，根本无法跟梶先生取得联系吧？”苍一郎带着一脸胜利的神色说道，“我可是有智能手机哦。”

晴花了一点儿时间思考该怎么反驳，但发现不论如何苍一郎都会跟过去后，就放弃争辩了。“随便你吧。”晴愤怒地说完，收拾起工作用的工具。

与晴一同出门后，苍一郎走在晴斜后方表示他和梶约在小野崎家碰面。

“在世田谷吗？”

“在等等力哦，从日暮里那边过去吧。”

看着用智能手机确认路线的苍一郎，晴板着脸点点头。虽然他在日常生活中完全没有感觉到智能手机的必要性，不过在这种时候，有智能手机果然很方便。然而，那终究不是绝对必要的东西，晴也没有自信能像苍一郎那样用得那么顺畅，怎么想都不觉得自己会有需要智能手机的一天。

晴与苍一郎并肩而行，先到JR的日暮里站转乘京滨东北线，到了大井町站后换乘东急大井町线，再花约一小时后到达等等力站。

因为正值午后稍早的时间，电车相对来说比较空，晴和苍一郎也找到空位坐下来。昨晚突然来访、还把电饭煲里的饭都吃光的国崇，原本似乎打算就这样直接住下来，后来因为接到召集命令才不情不愿地离开。苍一郎对此不满地说:“都没有跟我说一声。”晴则一脸无奈地耸了耸肩。

“那家伙又不是来玩的，现在应该没空理你吧。”

“网上也没有出现新的新闻，搜查可能没什么进展。”

晴侧眼看向嘟起嘴玩着智能手机的苍一郎，漠然叹了一口气。虽然不知道梶到底是怎么跟小野崎夫人沟通的，不过怎么想都不觉得对方会欢迎他们，毕竟那个家的一家之主才刚去世，而且是惨遭杀害。

“听好了，我们只是去请对方让我们调查那个箱子，跟那起杀人事件无关。你可不要说出什么多余的话。”

“我知道啦。不过，你都不在意凶手到底是谁吗？”

“又没什么好说的。小野崎家目前应该也一团混乱，我们只要做完分内的事就赶紧离开。”

晴不断叮嘱苍一郎小心不要有无谓的发言，总之闭嘴待在旁边就好。在抵达等等力站后，他们靠着苍一郎的智能手机的指引前往小野崎家。

从车站往多摩川方向走了约十分钟，便见到能将等等力溪谷的丰沛绿荫当成自家风景的小野崎家。那是在附近的高级住宅当中也相当引人注目的大豪宅。有着烟囱的房屋墙面上覆盖着砖瓦，仿佛童话中的洋房般，不过庭院和房屋有不少地方没有好好维护，颓废的寂寥感就连站在门口都能感觉到。

晴在确认写着“小野崎”的旧门牌后，就叫苍一郎打电话给梶。梶已经抵达小野崎家，没过多久就从门外看到他出现在玄关。从走道小跑过来的只有梶一个人，没有看到应该是小野崎家家人的身影。梶很熟练地从内侧开锁并打开门扉。

“昨天真的很感谢两位的协助，不好意思让你们特地跑一趟。没有造成两位工作上的不便吧？”

“晴虽然有工作，不过总是给人一种像是没工作的感觉，所以没问题的。”

“不要说那种会让人误会的话。而且那是你吧，我很忙好吗？”

“很抱歉造成两位的困扰……话说回来，虽然我听说两位是亲戚，不过你们住在一起吗？”

梶一边带着两人走进庭院，一边随口问道。苍一郎立刻回答“是的”，不过他接下来所说的同住理由，让晴无法当作没听到。

“爷爷去世之后，没有正职工作又是独居的晴总让我放心不下。

正好那时候我又非得搬家不可，就想着一起住应该会很方便，所以……”

“什么，你在说什么啊？你自己还不是差不多。”

苍一郎指出晴没有正职，但他自己也是处于当助手领取微薄薪水的不稳定阶段。虽然在大学里工作听起来很好，不过他只是末端的末端，收入少得可怜。每次晴要求苍一郎支付电费和餐费时，他总是说没钱，从来没有支付过。

虽然晴高声表示“明明是我在照顾你吧”，不过苍一郎住进白藤家的契机，在于誉去世时晴正好不在日本，而且无法立刻联系上他。即使在誉火化后，苍一郎仍一直住在白藤家等着晴归来。接着在晴回国后，他也就这样继续住下来了。

虽然丧礼相关的事情并不是苍一郎负责处理的，但即便如此，仍给他添了相当多麻烦，这让晴至今仍有些过意不去，态度始终无法强硬起来，只能把抱怨吞下肚。这时，梶再次问出很单纯的问题。

“是这样吗？那……白藤先生是在打工？”

“不……我只是做些摆饰拿去卖。”

虽然能得到足以糊口的收入，不过那实在不是能抬头挺胸说出口的工作。晴含糊其辞地蒙混过去后，转头瞪向苍一郎。他才刚跟苍一郎叮嘱过不要说些多余的事情，因此实在很想质问苍一郎到底懂不懂，不过梶也在场，晴没办法摆出强硬的态度。

晴想着等到两人独处时再好好跟他说后，重新把视线转向小野崎家，接着目光落到停在走道旁边的两辆车上。小野崎家的车库应该在别的地方，而且那两辆车给人的感觉就是商用车，不像是小野崎家的车。晴侧眼看着银色与白色的轿车，向梶询问是不是还有其他客人在。

梶的脸色微微一沉，说明其中一辆是他任职的东亚银行的车。

“在过来这里之前，我先去了分行一趟，所以是坐分行融资科的车过来的。另外一辆则是……警察的车。”

“……警察还在进行现场调查吗？”

“不，那个部分已经结束了，不过……”

注意到梶的语气相当沉重，晴心想梶被警察怀疑是犯人，还因此遭拘禁几乎一整天，想必对警察有不少怨言，因而没有继续追问警察的事情。为了转换话题，晴开口询问小野崎夫人怎么轻易就同意让他来调查。

“说实话……是我恳求夫人同意的。夫人因为惊吓过度，甚至表示收藏的古董不管是赝品或真品都无所谓了……所以其实是她不想多管才会同意。”

“这也没有办法，毕竟她的丈夫刚刚遭人杀害。”

“有些事必须先跟白藤先生说一声。虽然我请过夫人跟您谈谈，但因为现在这种状况，夫人……以及华英小姐的态度可说是相当不好，还请您多多包涵。她们原本就不算亲切，如今又有警察在场，情绪也就更加紧绷。”

梶先向晴和苍一郎表示对方可能会说出相当失礼的话，看到两人对看一眼点头回应后，他拉开双开大门的其中一扇门邀两人入内。宽广的玄关并排着三双皮鞋，这表示屋里至少有三名男性客人。接着，梶将拖鞋递到脱下鞋子的晴和苍一郎面前。

“梶先生相当熟悉这个家呢。”

正如苍一郎所言，梶这一连串动作都仿佛表明他是小野崎家的成员。不管是走出玄关帮忙开门也好，还是递出拖鞋也罢，他的动作都非常自然。苍一郎的话语让梶露出苦笑，他表示从银行决定要把抵押品处理掉以来，他每天都会来小野崎家报到，所以已经习惯了。

“前任当家还在世时，连同最琐碎的事情在内都交给帮佣处理，夫人和华英小姐什么都不用做。所以开门这种事情，甚至自己拿拖鞋出来穿，都变成理所当然的事了……”

梶露出不好意思的表情，一边说“请往这边走”一边引导两人前进。没有好好维护这点，屋内也一样，天花板上的华丽吊灯都爬满蜘蛛网，走廊的角落满是灰尘，地毯和墙壁也褪色了。

梶带着两人从玄关大厅转进往右边延伸的走廊，走到底之后敲了敲转角的门扉。梶说声“打扰了”，把门打开后，两人就看到摆着大沙发组合和古典钢琴的客厅。落地窗的另一侧似乎是广阔的庭院，但是因为拉上了蕾丝窗帘，无法看清楚。

面对面摆设的两张沙发上各坐了一名女子，大约五十岁的是小野崎夫人，另一位三十岁左右的应该就是她的女儿华英吧。

华英后方的椅子上坐着一名比梶年轻、身穿西装的男子，那是晴没有见过的人。男人摆着一张臭脸双手抱胸，感觉根本不在乎晴他们。

另一方面，当晴发现自己认识站在面向庭院的窗子前面的两名男子时，不禁皱起眉头。昨天为了确认梶的不在场证明而拜访白藤家的刑警们，在看到晴和苍一郎走进客厅后，立刻靠了过来。

“非常感谢你昨天的合作。”

殷勤地开口打招呼的是较年长、名为矢田的刑警。

“不用客气。”

晴简短地回答后，矢田立刻询问他今天为何会过来，不过晴很自然地无视这个问题，没有回答。由于昨天强烈体会到自己和矢田气场不合，为了避免和矢田交谈，晴麻烦梶向小野崎夫人介绍一下自己。

梶带着晴走向坐在左侧沙发上的小野崎夫人。夫人摆出严肃的表情，为了不让视线跟人对上而刻意将脸转向庭院。

“这位是白藤先生。”

在梶介绍完之后，晴对着依然没有转过头的夫人低头致意。

“我是白藤，在夫人如此悲痛的时候前来打扰真的很抱歉，我会尽快完成工作，尽早离开。”

“……”

夫人瞥了晴一眼，轻轻叹一口气后，非常不悦且话中带刺地说：

“那些赝品根本怎样都无所谓吧。事到如今，就算知道那些为什么会是赝品又能怎么样？当然，如果你说这么做就能把真品找回来，那又另当别论。”

初次见面就被狠瞪，晴不知该怎么回答才好，只能困惑地看向梶。梶用眼神指示晴什么都不要说，然后向夫人道歉：“抱歉造成您的困扰。”梶打算赶紧带晴和苍一郎离开，不过被坐在夫人对面的华英开口阻止：

“果然是梶先生杀死爸爸的吧？”

那种带刺的语气和小野崎夫人如出一辙，晴佩服地心想“真不愧是母女”，还打量起华英。穿着黑色连身裙的华英虽然长相不差，不过还不到能用美女来形容的程度。特别是她现在眼神凶恶地瞪着梶，让嘴角的皱纹变得十分明显。

“华英，够了。刑警先生也说过梶先生有不在场证明。”

“但是，我看到梶先生了啊。那个围着绿色围巾的人绝对是梶先生。而且，如果真如梶先生所说，爸爸曾说过‘从一开始就是赝品’这种话，那他的确有动机不是吗？他肯定是生气自己被骗，所以把爸爸杀了。”

即使被母亲责备，华英依然没有放弃指谪梶。梶一脸困惑地站在原地，为了否定是自己所为而缓缓摇头。矢田和秋津两名刑警虽然看着这情景却什么都没说。看到华英准备继续逼问梶，苍一郎早一步开口说道：

“但是，在小野崎先生被杀害的时候，梶先生在我们家。而且，梶先生在离开我们家后立刻接到小野崎先生打来的电话。从我们家过来这里，不管怎样飙车都得花上三十分钟，所以他不可能是犯人。”

听苍一郎用冷静的语气如此反驳，华英皱起眉头瞪向他。梶的脸色越来越铁青，他一边说着“走吧”，一边催促苍一郎和晴离开。仿佛是被华英严峻的视线赶走般，他们从客厅移动到走廊后，梶深深低下头向两人道歉说：“真的非常抱歉。”

“为什么梶先生要道歉啊……”

“但是……你们可能会因为帮我说话而不愉快……”

“错的是她们，竟然擅自认定梶先生是犯人……实在太没礼貌了。”

“我觉得苍一郎说得没错，毕竟梶先生不可能是犯人。”

晴也附和一脸不悦的苍一郎，开口安慰梶，接着询问箱子放在哪里。虽然梶的表情还有点僵硬，不过仍说着“往这边走”，露出微笑给他们带路。跟着梶走在古老宅邸的走廊上，晴向梶询问先前在客厅的另一名男子的身份。

“刚刚坐在华英小姐后面的那位是……”

“啊，他是我们银行的职员。”

“银行的？”

“隶属等等力分行融资科，担任小野崎家负责人的吹石。”

梶说过他是坐分行的车过来。之前曾听梶提过，东亚银行负责小野崎家的分行部门，原本不打算批这笔贷款，那么融资科的负责人会摆出臭脸也是理所当然的事。而且正当他们忙着从已经无计可施的小野崎家回收款项的时候，还发生了当家被杀害的事件。

晴将那人视为和梶一样抽到下下签的可怜人，转头向走廊旁的窗外看去，看见氛围和西式主屋相异、有着白色墙壁的仓库。仓库和主屋用走廊连接在一起，狭窄的通道走到底后，有着数级与仓库门相连的阶梯。

“这是前任当家为了收藏美术品和古董特别建造的收纳库。虽然外观是传统仓库，不过内部装了完善的空调系统，而且防火性能相当好。”

仓库的出入口装了电子锁，但似乎已不再继续使用，梶轻轻一拉就轻松把门打开。他向晴说明有价值的真品都已经运送出去，还留在里面的就只有赝品而已。

“前任当家还活着的时候，这个电子锁的密码只有前任当家知道。虽然东西都受到妥善保管，但是……”

“那么，那时候东西都还是真品？”

晴和梶都没有回答苍一郎所提出的问题，而是一同打开厚重的门走进仓库里。仓库里和梶说的一样，有着完善的空调设备，温度和湿度都保持在适合保存收藏品的状态。在感应器感测到人影后，灯也跟着打开。晴一边闻着与美术馆内相似的那种干燥且带着灰尘的味道，一边眺望与旧式经典外观不同但机能强大的仓库内部。

仓库前半部分的天花板与二楼一样高，空无一物，深处则以阁楼的形式作为收纳库。在开放的空间中央设置了兼具观赏和作业用途的巨大桌子，椅子整齐地排在四周。梶先请晴和苍一郎坐下，接着走向通往仓库阁楼的楼梯。

“先前听梶先生提过，前任当家也收藏画作，具体来说是什么样的？”

“前任当家很喜欢印象派，所以收集了柯洛和窦加等名家的作品。”

“其中也有赝品吗？”

“不，很幸运的是画作都是真品。”

梶一边爬上楼梯一边回答。晴简短地回应“这样啊”。为什么只有古董混了赝品呢？晴静静地环视仓库内部思考着。这时，梶慎重地拿着有问题的物品来到他身边，小心翼翼地把用紫色包巾包裹起来的箱子放到桌上，说了声“请看”，请晴检查里面的东西。

“……那就让我检查一下。”

解开包巾的结后出现一个古老的桐木箱，从盖子微微隆起的形状来判断，可以确定这是被称为“宗和箱”的盒子。如果仁清的作品是有来历的传承品，那么大多会收纳在宗和箱里。

晴用严肃的眼神盯着箱子，苍一郎也在一旁凝视着箱子。

“……箱子上还有落款呢……色绘藤花文茶碗。”

听着苍一郎屏气凝神地小声念出箱子上的落款，晴举起箱子，从各个角度察看。他在底部找到维修的痕迹，这恐怕是把出现破损的底部整个都换掉了。没有看到调整长度的痕迹，让晴稍稍松了口气。

修复的完成度极高，在外行人眼中根本无法分辨修理过的位置以及修理的手法。修理时使用与原本材料相同的古桐木，并且配合木头纹路来进行修理是非常困难的工艺，因而可以理解大东为何会判断这出自誉之手。能精巧地办到这一点的工匠，在誉去世之后很可能没有别人了。晴思考着这些事，并询问梶能否看看里面的东西。

“当然可以。不过……大东先生鉴定那是赝品……”

“我知道。”

晴向异常担心的梶点点头，将以鹿皮绳绑起的双向绳结解开，拿起盖子，取出用古裂④织成的袋子装着的茶碗。由于箱子和袋子都是真品，实在很难想象里面装的是赝品。晴抱着“大东的鉴定该不会是出错了吧”的些许疑惑打开袋子，但茶碗在眼前出现的瞬间，他的表情顿时变得僵硬。

---

④注：指二战前织成的布料。

代替因为讶异而一言不发的晴，苍一郎用惊讶的语气说出自己的感想：

“啊，真的呢，这是赝品吧。”

“……”

被层层包裹的茶碗，是连身为古董宅但缺乏实际接触经验的苍一郎都能立刻判断出是赝品的物品。正因为如此，晴才觉得难以理解，甚至说不出话来。毕竟在看到箱子和收藏方法时，甚至让他怀疑起大东的判断，结果实际放在里面的物品，却是反差大到能让人一眼看出的赝品。

这实在……太难以置信了。晴集中精神思考着这究竟是怎么一回事。在他身旁的苍一郎则朝茶碗伸出手，用双手捧起茶碗后倒过来确认碗底的部分。碗底盖了一个小判金币的印记，还能看到“仁清”两个字。

“不过碗底有仁清的印记……”

大概是至今仍不太愿意相信大东的鉴定，梶用试探的语气向苍一郎说道，似乎是想向曾说出大量仁清相关知识的苍一郎征询意见。一脸为难的苍一郎放下茶碗，用煞有其事的语气回答：

“我觉得仁清应该不会给人这么生硬的感觉。而且我曾在某本书上看过，要模仿仁清是非常困难的事。晴，我说得没错吧？”

晴眯起眼睛瞪着苍一郎，他平常抓到机会就爱披露知识，但真的遇上事情只能说出直觉式的意见，还打算把问题丢给别人。苍一郎先用鼻子呼了口气后，将视线移向包巾上的茶碗。

“正确来说，这是很‘精巧’的赝品。仁清不只在绘图方面高超，在成形和上釉药等部分也有优秀的技术，所以要完全仿造是很困难的事。不过，正因为如此，才有很多人靠着模仿仁清来学习。从幕末到明治时代，很多京烧的陶艺工房都在制作盖了仁清印记的仿造品。因为这些东西都在市面上流通，所以仁清的赝品相当多。虽然我无法断定，不过这个茶碗很可能是在那个时代制作的，或者是再晚一点的东西。”

梶听完晴的说明，失落地说：“果然是这样吗？”这时，一道带着揶揄的声音传来——

“你还真是了解呢。”

晴立刻就听出那是谁的声音，不悦地把头转向仓库的出入口，看到矢田和秋津一同走了进来。矢田来到晴身旁，露出满脸笑容向他问道：

“我昨天忘了询问，白藤先生是古董商吗？”

“……不是。”

“这样啊……不过看白藤先生对古董的了解，真不像是外行人呢。”

他这种刻意的语气实在令人火大，晴忍不住板起脸孔看向矢田。明明是来调查杀人事件，这两个人到底是为了什么跑来仓库？面对脸上明显表露出怀疑的晴，矢田夸张地耸了耸肩，然后说道：

“不用露出那种表情吧？我们也对这个很感兴趣啊。”

“……对古董吗？”

“没错。那个碗看起来很贵呢，不过看上去装不了多少东西……”

矢田露出一脸自己很了解的表情，看着放在桌上的茶碗如此低声说道。见状，晴和苍一郎对望了一眼。对于用来喝茶的碗，说出装不了太多东西这种感想未免太不相称。矢田可能有微妙的误会吧。

“……他是不是把茶碗误会成是饭碗啦？”

“别管他。”

晴眯起眼睛，对在自己耳边小声说着悄悄话的苍一郎做出无视矢田的指示。晴发现矢田虽然嘴上说感兴趣，但别说是古董，甚至连茶道相关的知识也完全没有，让他相当意外。正当晴感觉心情舒畅不少，也多少感到满足时，就听到较年轻的秋津询问梶：

“这是赝品吗？”

“是的。”

“哦……可能因为我没有看过真品吧，完全分辨不出来。总觉得有种古老的感觉就是了……”

站在桌子旁边弯腰看着茶碗的秋津虽然也不甚了解，不过他能直接说明自己不懂的态度让晴颇有好感。至少比将双手插在大衣口袋当中，站在一旁藐视一切的矢田要好多了。

“古董很古老也是理所当然的吧？”

“不过这是赝品呢。”

“那赝品也很古老吧。”

“这个并不是很古老呢。”

虽然晴要求苍一郎无视他们，不过苍一郎无法忍受矢田身为外行人却用高傲的态度和秋津一问一答，还是开口插话了。他无视一脸不悦地瞪着自己的晴，解说起眼前的茶碗。

“仁清本来是一千六百多年……从现代算起约是三百多年前的

作品，但是这个赝品应该是在较接近现代的年代所制作。所谓的仿造，是指为了学习而去模仿有名的作品，这就是仿造出来的成品。”

“哦……比较接近现代……所以这是最近制作的？”

“不，虽说是比较接近现代……但若是幕末到明治时期所制作的仿造品，至少也有百年的历史。”

“百年？那也十分古老了吧。所以这也算是古董吗？”

虽然总的来说秋津的意见不能说有错，不过这就是古董最尴尬的地方。苍一郎认真地继续说道：

“虽然百年的岁月的确很长，但是在古董的世界中还称不上古老。那么，要经过多少岁月才能算是古董？这方面其实没有明确的定义。虽然欧美的古董业界明确将制造后经过一百年的物品称为‘antique’，但‘antique’和‘古董’的定义并不一样。日文里‘古董’这个词，在过去是指老旧无用的东西，而非像现在这样用来指有价值的东西，因而有人认为应该用‘古美术品’来称呼才对。如今‘古董’这个词，一般用来指有罕见价值的古美术品，依物品的不同，其有价值的年代也不一样。例如，不管有多古老，仍无法说绳文时代和弥生时代的土器价值很高。该物品必须附加美感、罕见价值以及作家风格等复杂的要素后，才能得到作为古董的价值。”

苍一郎滔滔不绝的讲解让秋津一脸惊讶地说“是吗”，然后点了点头。由于领教过苍一郎炫耀知识的功力，梶露出苦笑看着这景象。站在一旁的矢田则用佩服的语气说：

“白藤先生的朋友也相当了解呢。这位朋友是从事古董相关的工作吗？”

“不，这只是我的兴趣。”

被矢田询问后，苍一郎很干脆地摇头否认，接着拿起放在眼前的茶碗。由于除了自己之外的所有人（不包括晴），都因为知识不足而认真倾听，让苍一郎的心情相当雀跃。他假装没看到坐在斜前方的晴正不悦地托着脸颊，继续炫耀自己的知识：

“像这种陶瓷茶具，最有价值的就是桃山时代的作品。各位知道原因吗？”

“桃山时代……是丰臣秀吉对吧？”

“是因为天下统一了吗？”

“因为千利休对吧？”

跟想到战国武将的秋津和矢田相比，梶则说出苍一郎期望的答案。与矢田和秋津这般彻底的外行人不同，因为工作，梶也拥有这类知识。

“没错。”

苍一郎很高兴地回答。晴则用死鱼般的眼神看着他。

“千利休就是受到丰臣秀吉重用，让与现代茶道紧密相关的‘侘茶’⑤概念正式成形的茶道专家。利休也参与进行茶室的设计和茶具的制作，茶碗中以乐茶碗最为有名。由于桃山时代相当短，在这段期间制作的东西也不多，换言之就是稀有度很高。另外，茶碗也有所谓的转换期。国烧的茶碗就是在这个时期开始，取代了在那之前被当成宝物的唐制品和高丽茶碗。”

“所谓的国烧是在日本制作的意思对吧？那唐制品呢？”

“就是从中国传来的物品，高丽则是指朝鲜。跟利休无关，在

⑤注：反对豪华奢侈的茶文化，追求内心的和平、恭敬优雅的方式、清静自然的态度与悠然寂静的境界。

茶碗中最高级的是天目茶碗。天目茶碗是在宋代，于福建省的建窑制作出来的，其中被称为‘曜变天目’的茶碗更是……”

“等等。”

晴板着脸阻止了兴奋地准备说天目茶碗的苍一郎。目前明明是在讨论仁清，却在不知不觉间说到曜变天目去了。晴害怕这样下去，茶碗的讲座会没完没了，打算把话题拉回来，苍一郎却一脸意外地反问：“怎么了？”

“现在的问题是仁清吧？”

“啊，对了对了。所以说……虽然就经历了百年岁月这点来看，这个赝品的确相当古老，但这不是真品。如果没有特别的理由，仿造品通常没有任何价值。古董的价格是由买方来决定的，由于没有公定价格所以无法一概而论，不过，真品和仿造品的价格有着天差地别的差异。”

“如果那个茶碗是真品的话，究竟可以卖多少钱？”

听到秋津的询问后，苍一郎转头看向梶。虽然脑中装满书本上的知识，但是苍一郎对实物和市场价格完全不了解。不过东亚银行相信这是真品，还将仁清当成抵押品。被问到原本预估会是多少钱后，梶有些难以启齿地说道：

“我听说评估的金额是五百万日元……”

“五百万！这个吗？”

“矢田先生，这个没有那种价值哦，因为是赝品。”

矢田立刻对这般高价有所反应，还一脸震惊地看向苍一郎手中的茶碗。秋津提醒他弄错了之后，矢田先是哼了一声，接着露出尴尬的表情说“我知道啦”，并且为了掩盖自己的失败而改变话题。

“话说回来……东亚银行的梶先生为什么要找白藤先生过来这里？根据昨天听到的，白藤先生不是说他不清楚这些东西是赝品的理由吗？”

梶被当成是杀害小野崎先生的重要关系人，接受了调查，并对警察详细说明他昨天的行踪，所以矢田等人才会去找晴确认梶的不在场证明。可能是矢田的质问让梶想起自己接受调查时的紧张感，他的表情变得有些僵硬。

“白藤先生说……他想好好调查一下箱子，所以我请夫人让他过来调查。”

“箱子……是指这个吗？”

秋津指着放在茶碗旁边的箱子向梶确认。

“我想调查收藏品中混杂赝品的理由，但是找不到线索，可以说完全无计可施……因此想说死马当活马医，便请白藤先生帮忙。我认为，如果知道白藤先生的爷爷为何修理过这个箱子，说不定就能找到什么头绪……”

“箱子只是单纯的容器吧。有那么重要吗？”

“很重要。”

苍一郎回应了狐疑地提出问题的矢田，然而他似乎也无法解释为什么箱子很重要，只能转头向晴求救。晴虽然觉得要跟两名顽固的刑警讲解相当耗费心力，不过仍在苍一郎的催促下，不情不愿地开口：

“以茶具来说，箱子非常重要。顺便一提，刚刚矢田先生似乎将这个误认为是饭碗，但这是用来喝抹茶的茶碗。”

被指出错误后，矢田一脸“那又怎样”的表情耸了耸肩。看到他那种完全不觉得自己丢脸的态度，晴一边怀疑对方是否听懂自己的话，一边继续讲解箱子的事情——

“这个茶碗是赝品。然而，假使它是真品，若是处于裸身——也就是没有箱子的状态，价格也会因而降低。箱子是用来表示古董来历的东西，我们能在箱子上看到落款，也就是箱内物品的名号以及来历。如果曾传到有名的茶道专家手中，还留下其署名，那茶器的价值将会大大提升。因为在茶席上使用有名的器具时，箱子本身也会供人鉴赏。”

“鉴赏……请问，是像将抹茶的茶碗转来转去那样子吗？”

“……箱子不会被转来转去。”

秋津一脸认真地一边比划一边问。晴则面无表情地回答他。秋津也好、矢田也罢，别说茶席了，连茶道基本的规则与步骤都不清楚吧，毕竟是会把茶碗误认为是饭碗的人啊。不过，茶道相关的知识恐怕连苍一郎也不太懂……晴抱着这个怀疑看向苍一郎，发现他似乎也在思考这件事，还用眼神示意拜托晴千万不要把话题丢过去。

晴越来越觉得自己的解说根本没什么意义，但仍指了指放在眼前的箱子说：

“例如，这是被称为宗和箱的箱子，是由名为金森宗和的知名茶道专家依照自己的喜好所制作的东西。宗和也是将仁清带入茶道界的人物，甚至还有‘有来历的仁清就要用宗和箱收藏’这种规则。虽说是规则，但也并非真的那么严谨，然而只要是宗和箱与仁清茶碗的套组，就有其价值。讲到茶具，除了宗和箱外还有纪州箱、田安箱等，很多东西单靠箱子就能知道其来历。所谓的来历，是指能得知谁曾经是拥有者。只要出处明确，东西自然也不假。纪州箱正如其名，表示物品是在纪州德川家流传，田安箱则表示是在田安德川家流传。田安德川家是纪州德川家的分家。”

晴在讲解的同时,察觉到除了苍一郎之外的人越听越兴味索然。他叹一口气，说了句“总之”准备做结论。他也很清楚这些事对大部分的人来说都很无聊，只要他们知道在接触古董，特别是茶具时，外箱有多么重要就够了。

“各位只要记得，箱子是能够取得大量情报的东西就足够了。”

“晴，可以再多说一点吗？”

苍一郎兴味盎然地要求，晴则摆臭脸回瞪他。矢田轻咳了一声问道：

“所以说，你知道什么了吗？”

“……我爷爷确实修理过这个箱子。”

晴没有抬起头，直接回答后，无言地看着并排在桌上的箱子和茶碗好长一段时间。虽然下定决心不跟“箱子里”的东西扯上关系，不过在眼前还不清楚究竟是怎么一回事的状况下，晴总觉得必须先确认一下事实才行。

话说回来，就算是誉修理过的箱子，但若是在经过一波三折后被用来装这个茶碗，那就能如国崇说过的那样，只要说与自己无关便能抽身。但是，他必须先找到没有直接关联的证据。晴轻轻吁了口气，转头问道：

“梶先生，你知道这个仁清是在哪里买的吗？”

梶请晴稍等一下后，走向刚刚去取装着仁清的箱子时通往阁楼的阶梯。梶的身影消失在二楼，不久后他拿着一本老旧的账本回来。

东亚银行在决定拿仓库的收藏当抵押品时，曾找过买卖契约书之类的东西，但遍寻不着。对前任当家的收藏毫无兴趣的小野崎家其他成员们，没有人记得各项收藏品究竟是从哪里买来的，留下来的只有写在这本账本上的记录。梶一边做说明一边把账本递给晴。

“这比较类似记事本，而且没有记载所有东西的来源。”

“让我翻阅一下。”

翻开账本，就看到用毛笔写着何时在何处购入了什么物品的记录。由于物品的下方总是重复出现同样的购买店，可以得知前任当家光顾的店相当有限。苍一郎在晴旁边一同看着账本，低声说出店的名字：

“柳絮庵、空蝉堂……晴，你知道这些店吗？”

晴没有回答苍一郎，直接翻开下一页。如果他的预想正确，应该会有那间店的名字才对。为了寻找那间店，他翻动书页的动作，随着内心的焦虑不断加快。虽然希望直到最后都不要看到那个店名，但晴也很清楚这是不可能的事。

翻到下一页后，晴轻声吸了一口气，动作也跟着停下。在至今为止不断重复出现的柳絮庵和空蝉堂两个名字之中，混进一个新的店名，那正是晴既不希望看到却又在寻找着的店名字。

啊，果然……在理解的同时，晴的内心也涌上让他说不出话的复杂心情。原本以为只要自己不主动接触，双方就不会再有所牵连，结果竟然以这种形式再次与这个名字扯上关系。

晴陷入痛苦的过去，一言不发。在他旁边，看着账本的苍一郎将内容念了出来——

“啊，是这个吧？野野村仁清制作……色绘藤花文茶碗，购入店是……呃，井蛙堂……这是念成‘seiadou’吗？”

对于苍一郎的询问，晴先是重重地叹一口气，然后用沙哑的声音回答“是的”。即使曾经预想过，但仅仅是找到那个名字就让晴感受到一阵冲击。将仁清卖给小野崎家的是井蛙堂，他期望此事与誉没有直接关联的愿望也破灭了。不祥的预感都很准——虽然对此有所觉悟，不过沉重的现实依然让晴发不出声音。苍一郎注意到晴的样子不太对劲，便一脸不可思议地向他问道：

“晴，你怎么了？”

“……没什么。”

晴表示自己没事并摇了摇头后，合上已经用不着的账本。如果此时这里只有自己一个人，晴其实很想抱头大叫。不过现场除了苍一郎以外，还有梶和矢田等人在场，他无论如何都必须保持平静。在井蛙堂这个名字出现后，他已经无法说此事与自己无关。不过晴也知道，打从大东把誉介绍给梶的那一刻起，自己便已不可能置身事外。

这应该是不愿面对过去，只顾着逃避的自己必须要遭受的惩罚吧。晴陷入忧郁当中，被梶用担心的语气搭话后吓了一跳。

“白藤先生？”

虽然晴表面上保持着平静，不过神情还是有所动摇。晴向询问他状况的梶摇摇头后，一边向他道谢一边把账本还给他。梶发现晴会变得不对劲的原因在于账本的内容，所以露出试探的眼神看着晴。

“您找到了……什么线索吗？”

“不能说……找到了线索，不过……有件事让我很在意。能给我一点时间调查吗？”

“呃，好的。毕竟我能拜托的也只有白藤先生……”

听到晴用极为认真的语气如此请求，梶困惑地点头回应。这时，在因为晴的异状而弥漫一股诡异紧张感的仓库中，突然响起手机的铃声。秋津连忙从上衣口袋中拿出手机，在与来电者短暂对谈后，他在矢田耳边说起悄悄话。虽然听不见秋津在说什么，不过晴知道那表示有人有急事找他们。

“……我们先走了。”

原本矢田他们就是为了调查杀人事件才过来小野崎家，看到两人慌张地离开仓库，对杀人事件兴致盎然的苍一郎有点坐不住了。

“是有什么新发展吗？”

虽然苍一郎这句低语被晴无视，不过他似乎非常在意，丢下一句“我去厕所”就追着矢田他们离去了。

虽然晴一脸惊讶，打算阻止他，不过想到反正苍一郎只会被矢田以冷言冷语对待，就放弃了。晴首先为苍一郎的躁动向梶道歉，接着向梶说出自己的请求。

“如果可以的话，希望能给我一份这个仓库里的古董清单……包含大东先生鉴定为赝品的东西在内。”

“好的，我会准备的。”

梶点头答应晴的委托，表示他准备好后会立刻联系晴。

“拜托了。”

晴低头致意，接着开始收拾放在桌上的茶碗。他把装进袋子的茶碗收入箱子中，盖上盖子。虽然是赝品，毕竟仍是别人的东西。晴的手法相当细腻，而且非常熟练。

在旁看着的梶，用佩服的语气夸奖正在动手绑鹿皮绳的晴。

“您的手法真娴熟呢。那个绑法……”

“是指双向绳结吗？”

“对，就是这个。如果有四条绳子的话……”

“就是十字绳结吧？十字绳结，会依形式分成从左边绑起以及从右边绑起，两者使用的场合不同，最好要多加注意。总之，基本上是照着原样绑好。”

因为想到梶在工作上经常接触古董，晴才会如此建议。他一边说确认箱子的正反两面和盖子的上下也很重要，一边轻拉打好结的绳子两端。

“双向绳结大多使用在更小一点的物品上，不过用在宗和箱的鹿皮绳上也很常见。拿起箱子时，就算是绑了十字绳结也一样，一定要托住箱子下方。虽说绳结原本是为了方便携带才绑上的，不过大部分的绳子都已过于老旧，很可能会发生绳子断裂的状况。”

最后，晴用包巾将箱子包起来，请梶将东西放回原处。“我知道了。”虽然梶点头答应，却看着捆好包巾的箱子一动也不动。“梶先生？”晴感到不可思议，便开口叫了他一声后，梶才惊讶地抬起头。

“我没事，只是觉得……白藤先生真的很熟悉古董，不禁感到很敬佩。虽然苍一郎先生也知道很多事情，不过该说白藤先生的知识比较偏向实务性吗……总让我有种您和大东先生一样是古董商的感觉。”

“没这回事。”

晴摇头否定，露出苦笑。见状，梶想起晴明确表示过自己讨厌古董，连忙说：

“非常抱歉，白藤先生说过自己很讨厌古董对吧？”

听到梶说“还请您多加见谅”，晴有些困扰地搔了搔头。那时候，他只是一心想着不要跟这件事扯上关系，所以说了相当难听的话。对于梶的体贴，晴觉得有些不好意思，同时也反省自己的用词实在太过粗鲁。

不过，那毕竟是真心话，晴也找不到其他说法。于是他轻轻叹了口气，环视一片静谧的仓库。

“梶先生认为，小野崎家的前任当家为什么要收集古董呢？”

晴提出的问题实在过于唐突，使得梶面露疑惑。他微微皱起眉头，说出自己最先想到的答案——

“果然是……因为喜欢古董吧？”

“的确，我也认为他是因为喜欢才会大量收集古董，甚至到了要建造这么一座仓库来收藏的地步。不过……单从记载在刚刚那本账本上的内容，我看不出来他究竟喜欢什么。”

“喜欢什么……您是指喜好类型吗？”

“因为喜好而开始收集的人都会偏向某些品项，例如茶具、酒器或是盘子。好的收藏里会有一种中心品项，在此基础上再收集别的东西也无妨……我没有看到所有物品，所以不清楚，但小野崎先生可能是业者推荐什么就买什么的类型。而且我觉得业者推荐的时候，是用‘这东西以后绝对会增值’这种会让人产生欲望的说辞……当然这可能是我想太多了……”

晴觉得这可能是过于深刻的见解。但梶缓缓摇着头，并轻轻叹一口气，用仿佛已经明白的表情开口：

“大东先生也说过与白藤先生同样的话。”

“……”

晴把“果然”这句话吞了回去，低头看向裹着包巾的物品。抱持欲望收集的收藏品，肯定会在某个地方产生扭曲。这种不干脆的感觉，很可能也跟其中混杂赝品的理由有关。

古董有种魔力，能将人纯粹追求“美丽与赏心悦目”的心转变成邪念。想利用这点的人，也潜藏在与古董相关的世界中。

晴低沉的叹息，在空荡的仓库中化为寂寞的声响。

由于在意说要去厕所就离开仓库的苍一郎，晴将收拾箱子的事情交给梶，早一步离开仓库。正当晴想着“他究竟跑去哪里了”，在走廊上四处张望时，就听到苍一郎的呼唤声从后面传来。

“晴。”

“你在做什么？”

“我在找矢田先生他们，但是完全找不到。已经结束了吗？”

晴板着脸对指着仓库询问的苍一郎点点头，表示自己要回去了。两人回到梶先前带他们走过的走廊，前往玄关。走到玄关大厅后，苍一郎向晴问道：

“不去跟小野崎夫人打声招呼，没关系吗？”

“……那种事交给梶先生处理吧，我们跑去打招呼可能只会让她的心情更糟。”

“也对，气氛真的超级不好。”

从短暂的对话中就能得知，不论是小野崎夫人还是她女儿华英，都并非单纯只是受到杀人事件的影响，正如梶所说，她们平时就很不亲切，跑去打招呼只会让自己的心情变差而已。

苍一郎对晴的意见表示赞同后，转而寻找拖鞋脱下后的摆放处。

“这个该放在哪里才好啊？”

“随便……”

正当晴打算说出“放在这附近吧”的时候，听到一旁有人搭话。因为是陌生的声音，觉得意外的两人一转身就看到先前曾在客厅见过的那名男子。他正是梶说过的那名男子，任职于东亚银行等等力分行融资科，是小野崎家的负责人。

“抱歉这么晚才跟两位打招呼，我是隶属东亚银行等等力分行融资科的吹石。”

男子走向晴和苍一郎，一边拿出名片盒一边自我介绍。面对这名熟练地递出名片的男子，晴有些不好意思地轻轻低下头。

“……我是白藤。真是不好意思，我没有名片。”

吹石应该比三十五六岁的晴还要年轻，不过银行职员特有的严肃气质和一丝不苟的服装，让他看来较为沉着。与同样任职于东亚银行的梶相比，吹石更能给人一种精英感，同时也能从他的态度中，感受到一股源自于任职融资科这个明星部门并负责重要工作的傲气。

因为梶隶属特殊部门，所以没什么架子。虽然都在大型银行工作，吹石给人的印象却正相反，不过这才是一般银行职员给人的感觉。晴看了一眼后，将吹石递来的名片收进牛仔裤后面的口袋里，同时疑惑地看着他。

无论晴怎么想，都不觉得吹石过来搭话只是单纯想打招呼。话虽如此，他也想不到吹石找自己有什么事，所以只能等对方主动开口。吹石一边用不安的眼神看着通往仓库的走廊，一边询问晴前来拜访小野崎家的理由。

“你没有从梶先生那里听说吗？”

毕竟梶是坐吹石的车过来，怎么想梶都不可能没告诉他晴来拜访小野崎家的原因吧？晴讶异地询问后，吹石微微皱起眉头回答：

“听说过您的爷爷……修理过装古董的箱子之类的事。”

“是的。所以，他希望我帮忙调查为什么仓库中的收藏品中会混入赝品。我今天过来是为了检查实物。”

吹石露出很为难的表情听着晴说话，让人想起他在客厅里也是摆出严肃的表情，仿佛在思考事情一样。正忙着回收款项时，小野崎家竟发生杀人事件，身为融资科的负责人会苦恼该怎么办自是理所当然的，晴也觉得他的处境很可怜。然而，吹石接着说起了东亚银行内部的情况，而非小野家的问题。

“其实……梶先生的行动让我们很困扰。”

“……困扰是指什么？”

“梶先生……或者说对他所隶属的特殊担保管理部而言，这次状况是很严重的失误。虽然我也不是不能理解他想查明背后原因的心情，不过对我们来说，根本不需要执着于赝品的事。就算知道前因后果，找到真品的可能性也很低吧？”

“的确……是这样没错。”

“比起这个，要如何收回不足的资金才是最大的问题。在这种时候还那么悠哉地……这种说法可能不太好听，但重新去调查已经结束的事情……对分行来说也不是什么好事。”

由于不知道该怎么回应正苦着脸指谪梶的吹石，晴只能含糊地应道：“是吗？”

晴朝苍一郎看了一眼，发现他似乎也有同样的感想，还瘪着嘴对晴耸了耸肩。

“所以说……我希望白藤先生也不要太认真。”

“不要……太认真吗？”

“要是您觉得我说得太过分，我向您道歉。不过，我觉得为了那些人的自我满足，就让第三者如此辛苦实在太不好意思。今后还请多多指教。”

吹石说完，很有礼貌地鞠躬道别，然后朝客厅的方向走去。等到他的背影消失在走廊的另一端后，晴和苍一郎一同从玄关朝外面走去。穿过门扉走在走廊上时，苍一郎小声地说出他对吹石的想法——

“感觉那个人不太讨人喜欢呢。”

“是啊。”

“梶先生遭人讨厌了吗？”

“上班族就是会遇到很多工作上的麻烦事啦，像我们这种没工作的人是不会懂的。”

苍一郎点头同意晴这番语带自嘲的感想后，突然“啊”了一声。晴惊讶地询问：“怎么了？”并顺着苍一郎的视线看过去，发现矢田和秋津两人正站在停在大门附近的银色轿车旁边。

对苍一郎而言，他们正是自己刚才遍寻不着的目标，因此他赶紧朝两人飞奔而去，晴则苦着一张脸看着他们。

“矢田先生，你们到底跑去哪里了啊？”

“有什么事情吗？”

“与其说有什么事……只是想问问事件的调查是不是有什么进展，你们也是因为这样才离席吧？”

听到苍一郎的询问，矢田只是歪着头重复：“进展啊……”虽然他看起来不像是能胜任工作的人，不过瘦死的骆驼比马大。毕竟是隶属于警视厅的招牌——搜查一科的男人，他应该不会这么简单就泄露调查情报吧？

晴追上苍一郎催促他“回去了”，不过苍一郎像在做最后挣扎般再次向矢田问道：

“警方锁定嫌疑犯了吗？”

“你这么感兴趣啊？”

“当然。自己身边发生杀人案件是很罕见的事吧。”

大概是喜欢苍一郎坦率的语气，矢田露出笑容从怀中取出香烟。他点火后吸了一口，皱起鼻头表示调查状况并不乐观。

“因为有华英小姐的目击证词，我们原本觉得凶手绝对是梶，何况他的确有动机。”

“什么动机？”

“应该是真品的古董，变成了赝品，这对负责管理的梶来说是很困扰的事情吧？就算他因此责备小野崎也很正常……话虽如此，白藤先生你们已经证明梶不可能犯案。只要你们没有说谎，梶就不是犯人。”

晴皱起眉头，瞪向说话时总是刻意想惹人生气的矢田。他愤怒地心想“我有什么必要说谎啊”，不禁再次催促苍一郎“走吧”，但苍一郎依然不肯放弃。

“除了梶先生外，没有其他有动机的人了吗？”

“这个嘛……你注意到什么了吗？我想听听看作为参考。”

看到矢田用问题来回答问题，就知道他绝对不会泄露自己手上的情报。晴心想着“真是受够了”，然后耸了耸肩，丢下苍一郎自己走出大门。接着，一脸不满的苍一郎也跟矢田他们说“我们先走了”，跟上晴的脚步。

“真是不知变通，稍微跟我说一下又不会怎样……”

“看脸就知道那个人不知变通了，何况刑警要是不懂得保密那还得了？”

晴用鼻子哼了一声，驼着背加快走向车站的脚步。晴不像苍一郎那样还有余力对杀人事件感兴趣，因为在小野崎家的仓库确认了的事情，正是他预想中最糟糕的情况。虽然他请棍给自己一些时间，但他究竟该怎么做才好？

晴一边思考一边走向车站，苍一郎则走在他身旁。

“这么说来……”

虽然苍一郎是用平常的语气说这句话，晴却发现他的声音中混杂着不太对劲的情绪，不由得紧张起来。苍一郎只是很平常地开口，但是两人毕竟相处了很长一段时间，即使再细微的差异都能分辨出来。

一如所料，苍一郎说出晴最不想碰触的话题——

“刚刚……在仓库里翻阅账本时，晴似乎有点怪怪的哦……”

“……”

“是井蛙堂吧……那是你知道的店？”

感受到试探的眼神射向自己的侧脸，晴轻轻吁了口气。不能跟苍一郎说井蛙堂的事情。正因为晴觉得可能会出现这个名字，才不希望苍一郎跟过来。

“这跟你没有关系。”

晴用低沉的声音回答。苍一郎则紧盯着并没有回答“不知道”的晴。

“是井蛙堂的人委托爷爷修理箱子的吗？”

“……”

苍一郎平时都大大咧咧，在不必要的地方直觉却很准，这真的让人觉得很麻烦。晴用力地皱起眉头，怀揣着迁怒之心重重地哼了一声。

“都说跟你没有关系。”

晴加快脚步走到苍一郎前方，眉头深锁地瞪着地面继续前进。为了不让苍一郎追问，晴散发出带刺的拒绝气息，但是仍能感觉到背后有道足以突破这般防御的强力视线。

“真是的，超级麻烦，所以我才不想扯上关系。”

虽然嘴上如此抱怨，但这只不过是马后炮罢了，晴不禁感到后悔。

一旦得知关于井蛙堂的事，苍一郎就会知道誉做了什么。在小野崎家看到井蛙堂这个名字后，晴越来越不希望苍一郎跟这件事扯上关系，所以决定独自调查真相。然而，晴面临一个问题，就是少了苍一郎他便无法跟梶取得联系。

“晴，梶先生打电话来。”

隔天，晴吃完早餐，把家务都处理好就进入工作室。接近十点时，苍一郎拿着智能手机走进来。大概是被梶打来的电话吵醒，苍一郎顶着一头乱发，睡眼惺忪。晴接过苍一郎递过来的手机，才刚放在耳边就听到梶开口道歉：

“白藤先生，真的很抱歉。关于您昨天提到的清单，我可能无法立刻准备……”

“出了什么问题吗？”

“那个……因为上司不同意。虽然我说过白藤先生是在协助我们调查，不过……因为很难说明白藤先生的身份……所以上司表示，不能把客户情报交给身份不明的人……”

听完梶用难以启齿的语气所说的话，晴只能无力地“嗯”了一声表示理解。梶的上司不肯同意也很正常。不愿意泄露顾客的个人情报给既没有工作、也不是做正当生意的人，是理所当然的事。

梶抱歉地对着表示“这也没有办法”的晴继续说：

“我会努力说服上司，能请您再等待一段时间吗？”

对梶来说，他最害怕的肯定是晴说没有清单就不可能继续调查吧。由于通过电话传来的声音就仿佛能看到梶鞠躬低头的模样，反而让晴感到非常抱歉。

“等我取得上司的同意后会立刻联系您。”

晴回答“知道了”之后，挂上电话。

“！”

将手机从耳边放下的同时，晴发现苍一郎的脸近在眼前，不禁倒吸一口气。苍一郎似乎是为了偷听他们的对话才凑过来。虽然晴想开口骂人，但毕竟自己跟苍一郎借用了手机，拿人手短的心态使他只是讶异地皱起眉头，然后马上把智能手机还给对方。

苍一郎接过智能手机，露出有话想说的眼神问：

“你打算怎么办？”

“……什么意思？”

“没办法看到清单了对吧？接下来你打算怎么做？”

晴可以确定要是自己说“跟你无关”，苍一郎肯定会愤怒地跟他争辩，所以刻意一言不发地伸手拿起茶杯。大约一小时前泡的茶已经完全冷掉了，于是为了重新泡茶，晴拿着茶杯站起身来。

“要吃饭吗？”

晴顺便问了苍一郎一声。别说晚睡，苍一郎甚至常常直到天快亮了都还不睡，所以除非有事，不然晴不会去叫他起来。

“如果你要吃早餐，我就去准备。”

听到晴这么说，苍一郎虽然点头回应，但仍是一脸无法释怀的表情。

“去洗把脸再过来。”

晴下令后，苍一郎不情不愿地走向洗脸台，很随便地洗完脸后又走回来。他站在在厨房重新加热味噌汤的晴背后，散发出相当危险的气息。虽然这种似乎是遭人看守的状况让晴不是很舒服，不过他觉得自己最好选择无视，所以漠然地准备好早餐。

苍一郎也动手将白饭和味噌汤拿到客厅的暖桌上。虽然配菜相当简单，只有纳豆和酱菜，不过对家中经济严峻的白藤家来说是常有的事。看到苍一郎双手合十地说“我开动了”，晴又回到厨房泡起自己要喝的茶。

“……你今天不出门吗？”

晴刻意装作只是随口问问。苍一郎则一边搅拌纳豆一边回答：“我吃完就出门。”

“这样啊。”晴点头回应后，又补上一句：“你吃完之后把碗盘收拾一下。”

重新泡好茶，拿着茶杯走回工作室后，晴叹了口气。虽然知道苍一郎会很不满，但是不能再把他牵扯进来了。晴决定配合苍一郎出门的时间，自己也跟着出门。

既然无法从梶那边取得清单，只能自己跑一趟。虽然知道这个方法最可靠，但是一想到会很麻烦，晴就不想行动。不过，他想早点解决这件事，所以比起等待梶说服他的上司，自己走一趟肯定会比较快。

从晴重新开始工作后大约经过三十分钟，苍一郎拉开工作室的拉门，不服气地对晴说他要出门了。

“嗯，路上小心。”

没能得知晴的后续打算，苍一郎完全是一副在闹别扭的模样。虽然他的心情可能在一段时间内都不好，但这也没办法。听到玄关门关上的声响后，晴先轻轻叹了口气，接着为了出门，收拾起工作用的工具。

晴十一点前离开家，从千驮木车站坐上地铁，途中转乘丸之内线前往赤坂见附。在赤坂御用地旁边，从赤坂见附的地下车站来到地上，再朝元赤坂的方向走约十分钟，春霞古美术店就在那里。

以前誉与大东还有往来时，晴曾给誉当跑腿，去拜访过大东一次，所以还记得地点。不过那已是将近十五年前的事，加上附近的建筑都改建成大楼了，使得晴差点找不到方向。以前那种会让人想起旧时赤坂的宅邸风建筑彻底改变了，这让晴相当困惑。即使看起来很高级，但水泥建筑果然没什么魅力。

就算来到店门口，内心的犹豫仍使得晴呆站在原地。放在橱窗展示的砧青瓷香炉是真品，昭告着这间店的等级。第一次来访便能走进店里的客人如果不是有相当的财力，就是胆子相当大。虽然自己不是客人所以没有必要紧张，但毕竟是突然来访，晴实在不知道自己能否见到想见的人。

现在只能先进去看看再说了——正当晴用这个想法鼓励自己并朝店门口走去时，一道熟悉的声音传来，让他大吃一惊。

“春霞古美术店？”

“！”

晴惊讶地转过身去，看到连头发都没整理好的苍一郎。苍一郎推开似乎因为自己的出现而感到惊讶的晴，紧贴着橱窗凝视放在里面展示的砧青瓷。

“这香炉真是不得了啊。砧青瓷……南宋时代的龙泉窑出产的青瓷，在日本则称为‘砧青瓷’。青瓷是中国的代表瓷器，其技术在宋朝达到巅峰。虽然自古以来从中国传入了相当多龙泉窑的青瓷，不过每个时代的称呼都不一样。南宋后……从元朝到明朝时期是称为‘天龙寺青瓷’，明朝则是‘七官青瓷’。据说在众多青瓷当中，砧青瓷依然是最高级的。顺便一提，在日本之所以会称为‘砧青瓷’是因为……”

“你，你为什么会……”

看着小声说出青瓷相关知识的苍一郎，晴板着脸问道。被问到为什么会出现在这里，苍一郎露出愤恨的眼神瞪着晴，眯起眼镜后的眼睛说：

“很简单啊。晴只有在自己要出门时，才会问我要不要出门吧？”

“……”

总觉得不久前，国崇才刚刚说过类似的话，晴不知该如何是好，只能仰天长叹。明明他是装成无意中问起，却完全被苍一郎看穿了。苍一郎肯定是假装要出门然后躲在某处，接着偷偷跟踪晴过来这里。然而，晴完全没有察觉到他尾随在后。

晴自认为很了解苍一郎的行为模式，但疏于注意，如今后悔也太迟了。晴心想幸好自己还没有走进店里，便对苍一郎说“走吧”。但苍一郎指着招牌，向打算转身离去的晴问道：“晴，你是要来拜访这间店吧？春霞古美术店就是梶先生在过来我们家时提到的那个人开的店没错吧？”

苍一郎和晴都听梶提起过，记得店名也是理所当然的事，这样的话晴根本无法蒙混过去。晴想不出别的办法，原本打算自己先离开，却被苍一郎一把抓住手臂。

“唔……放开我！”

苍一郎的身材高瘦，至少比晴高十厘米以上，因此还算颇有力气，晴根本无法甩开苍一郎认真地抓住自己的手。

苍一郎强硬地抓着试图反抗的晴，想往店里走去。然而晴很清楚，一旦进入店里就会被麻烦缠身，所以努力试着逃脱。春霞古美术店毕竟是让大多数人望而却步的高级名店，两名年纪不小的男子在这种店的门口起争执，就算千百个不愿意也很引人注目。不只是行人们朝他们投以奇怪的眼神，对该店来说也是很困扰的事，所以店员满脸疑惑地走了出来。

“不好意思……”

晴和苍一郎被那道客气的声音吓到，一同转头看向店门口，只见身穿白色牛津衬衫搭配黑色裙子这种朴素服装的女店员，正一脸困惑地站在那里。晴原本打算跟对方说“我们立刻就走”，但苍一郎抢先说出不必要的话：

“那个，请问大东先生在吗？”

“唔……苍一郎！”

“麻烦你告诉他，是白藤来找他。”

听到老板的名字后，那位女店员望向两人的眼神也越来越迷惑。虽然大东的确是老板的名字，然而这两名起争执的男子不管怎么看，都不像是春霞古美术店的客人。听到女店员问：“有预约吗？”苍一郎一脸认真地点头说：“有的。”

晴连忙想否定，却被苍一郎捂住嘴巴无法说话。女店员看似相当疑惑，但仍对他们说：“请进来稍等一下，我现在就去通知老板。”

被苍一郎拉进店内后，晴看着女店员往店内深处走去的同时，以尖锐的声音生气地喊了“苍一郎”。毕竟是身处十分静谧的店内，虽然晴已压低音量，但仍显得很大声，所以转而咬牙切齿地在看起店内展示柜的苍一郎耳边问道：

“你到底在想什么？我可没有预约！”

“要是说没有预约应该就会被赶走吧？”

“明明没有预约却说有，也会面临同样的下场吧？”

“……你知道这幅画是谁画的吗？我对画作完全不了解。”

设置在店内墙上的展示柜中挂了一幅彩色画作的挂轴。苍一郎疑惑地皱起眉头，他虽然有丰富的陶瓷器知识，却对日本画和书道不甚了解。

看着歪头凝视展示柜的苍一郎，晴板着脸回答：

“是狩野探幽。比起这个……”

“狩野……江户时代好像有个狩野派之类的对吧？”

苍一郎困惑地问道，晴则哑然点头。这人刚刚还在滔滔不绝地讲解青瓷，却对名画家狩野探幽没什么印象，明明狩野探幽这个名字和其代表作曾在学校学过才对。晴叹了一口气，看向挂在展示柜内的挂轴。

“狩野派始于室町时代，由担任幕府御用画家的狩野正信所创立。即使时代改变，该族也经常以画家的身份侍奉当权者。探幽是活跃于江户初期的人物，你看过二条城的障壁画⑥吧？”

“二条城是在京都吗？”

“不然还有别的二条城吗……”

正当晴不悦地回应苍一郎时，一阵脚步声传来，而且那急促的脚步声不属于刚刚那位女店员。两人朝女店员之前离去的方向看去，便见到身上披着深紫色夹克的大东迎面走来。虽然因为彼此见过面，晴立刻就认出大东，不过对方与自己记忆中的模样差异颇大，使得晴有些疑惑。

晴和大东最后一次见面，正确来说是大东到晴那位于谷中的家拜访的时间，是在十年前，晴离开日本前不久。当时，四十五六岁的大东身材更显富态，头发也还是黑色的，现在的他几乎满头白发，而且瘦得脸型都变了。

晴注意到大东的相貌改变似乎不单是年纪变大的关系，然后礼貌地低下头说：

---

⑥注：指绘于屏风或者纸拉门上的画作。

“……好久不见，突然来访真的很抱歉。”

“真的是好久不见。你是白藤的孙子……晴，对吧？”

“是的。这位是我的朋友……名叫宇多。”

晴注意到大东的视线看向站在斜后方的苍一郎，不得已只好做了介绍。虽然声称苍一郎是朋友总有些不协调感，但要说明是亲戚似乎又会惹出什么麻烦。幸好大东没有多问什么，直接请两人就坐。

春霞古美术店是从江户时期开业至今的老店，其前身是某位名家的专属道具商店。有历史的老店就连店面也充满典雅的感觉。晴和苍一郎一同坐在位于店中央的皮制沙发上，大东则坐在他们对面。晴对明明没有预约却愿意见他们的大东深感抱歉，正打算为自己的失礼道歉时，反而是大东先开口致歉。

“抱歉。”

“咦？”

由于不懂大东为什么道歉，晴只能做此回应。大东带着歉意开口询问起誉的事情：

“我不知道白藤先生去世的事情。因为生病，我休息了一段时间……从东亚银行的职员那边听说白藤先生已去世的事，真的吓了一跳。那是什么时候的事？”

大东婉转地询问誉去世的时间。晴回答：

“在前年去世的。”

“这样啊。”

大东低声回应后，又接着问起死因。

“是因为心肌梗死……话虽如此，我当时并不在国内，回来时葬礼也已经结束了，所以别说是当时的情况，我甚至连遗体都没有看到。”

“……这样啊。”

再次回答相同的话后，大东仿佛陷入短暂的思考一般，眼神不断地在空中游移。大东和誉是在吵架后分道扬镳的，对大东而言，有很多事情可以回想吧。“真是可惜……”大东如此表示，声音也相当沉重。

誉虽然不爱说话，不过仍是公认手艺高超的工匠，所以很多人得知他过世时都觉得非常可惜。即使在晴归国后，仍有不少很晚才接到讣告的人数度前来拜访。在誉去世已经超过两年后，最近这种来上香的客人已减少，但是在面对大东这样的对象时，晴总觉得当时的罪恶感又再次复苏。

晴的双亲在他很小的时候便去世，之后他就由誉一人抚养长大。明明如此，晴却丢下年老的爷爷独自出国，因此被批评是个无情的孙子。由于晴也觉得错都在自己身上，所以完全没有反驳。

“所以说……你今天过来的原因是……”

晴露出奇怪的表情，保持沉默，在大东主动开口时才惊讶地抬起头来。晴不可能事到如今才送誉的讣告过来，大东似乎也察觉到这点。加上大东自己也说出东亚银行这个名字，可能多少已经猜到晴来访的理由，所以才愿意跟他见面。正当晴打算说出来意时，突然想起苍一郎坐在旁边，又重新把嘴巴闭上。

“……”

直接跟大东确认会比较快，所以晴才决定来拜访春霞古美术店。

他原本不确定能否见到面，但仍像这样得到跟大东交谈的机会。然而……问题在于苍一郎也在场。

一旦在这里跟大东交谈，就算不愿意，苍一郎也会听到。依谈话内容，有很高的几率会谈到不想让苍一郎知道的事实。虽然好不容易见到大东，但晴判断应该下次再来会比较好。然而苍一郎看穿了晴的想法，在晴开口之前，便主动先向大东说出他们想问的事情。

“是关于小野崎家的事情。”

“……唔！苍一郎！”

“东亚银行的梶先生说，因为大东先生的推荐，才会来拜访晴。而且大东先生还说过，因为晴的爷爷修理过装着赝品的箱子，他去拜访一下说不定会知道些什么。”

面对代替晴说明的苍一郎，大东露出“果然是这样”的表情点点头。晴虽然很想教训苍一郎，但是在大东面前最多只能皱起眉头。大东没有察觉到晴的心情，接着说道：

“我从梶先生那边听说白藤先生去世了，不过他见到了白藤家的孙子，并且跟对方说了小野崎家的事……所以我就觉得应该是这件事吧。”

晴得知自己没有预约就能见到忙碌的大东，果然是因为对方预料到自己会来访，不禁微微眯起眼睛。大东让梶去拜访誉的理由……恐怕就跟他想象的一样。

虽然晴能预料到接下来会是自己最不乐见的情况，不过都走到这一步也没办法回头了，只能做好觉悟。晴朝苍一郎瞥了一眼，问起大东和小野崎家扯上关系的理由。

“大东先生为什么……会接下出售小野崎家收藏的委托呢？”

“我们店从很久以前就会和东亚银行合作。虽然我不太情愿，不过也只能接下对方的委托。”

“为什么会不太情愿？”

晴重复大东的话提问，不过大东只是微微歪着头没有回答。看到大东似乎有些迷茫地压低了视线，晴决定先从别的问题说起：

“……您知道小野崎家发生了杀人事件吗？”

一听到这个问题，大东立刻有所反应，抬起脸颔首说：

“我看到新闻后很惊讶，还打电话给梶先生，他却跟我说他被怀疑是犯人。看来这件事情真的变得很麻烦呢。”

“警察之前认为犯人是跟小野崎先生之间有融资相关问题的梶先生……不过梶先生在杀人事件发生的时间正好来我们家拜访，所以他有不在场证明……可是，在小野崎先生遭到杀害前不久，他曾打电话给梶先生，似乎还跟梶先生坦承说‘从一开始就是赝品’。您有听过这件事吗？”

“没有……因为梶先生似乎很忙，所以我很快就挂断电话了。”

大东似乎是第一次听到这件事，板起爬满皱纹的脸小声说道。他用抱在胸前的右手按着嘴唇，短暂地思考一会儿后，看着晴询问：

“你去过小野崎家吗？”

“去过，就在昨天。我进了仓库里面……也检查过爷爷修理的箱子。因为这样我才想跟大东先生当面谈一谈，所以过来这里。”

“就跟你想的一样……”

隔了一拍，大东才开口回答，双眼直视着晴。这么一来，就会说到不想让苍一郎听到的事情了……看着因为迷茫而无法开口的晴，大东用平静的语气继续说道：

“因为跟井蛙堂的老板也有关，我觉得应该交给你爷爷去处理。因为你爷爷和井蛙堂的老板很熟，但井蛙堂的老板不会理我呢。”

虽然视线停在轻轻耸着肩的大东身上，晴还是通过身体感知身旁苍一郎的一举一动。苍一郎之前询问晴知不知道井蛙堂时，晴只回答“跟你没有关系”，那是因为晴不想让苍一郎知道井蛙堂和誉……以及和自己的关系。

大东的说法听起来像在自谦，实际上却并非如此——不是不被理睬，而是大东无视对方。井蛙堂和春霞古美术店虽然同为古董商，定位却分处两极。

如果春霞古美术店是正道，井蛙堂就是邪道。正如阳与阴，两位店主的理念与人格完全不同。在一言不发的晴面前，大东为难地皱起眉头，轻轻咳了一声。

“我想着如果是白藤先生的话，应该可以圆滑地应对这件事……没想到却给他孙子……给你添了麻烦，真是抱歉。”

“……不会。大东先生，您其实……对小野崎家前任当家的收藏中混了赝品的原因心里有数对吧？”

对大东来说，肯定是有所觉悟才会提出井蛙堂这个名字。作为背负春霞古美术店这块招牌的店主，那是可以的话绝对不想扯上关系的对象。晴可以确定，大东的那种觉悟，包含着他其实知道真相的意思。

大东露出严肃的表情回望晴，并且压低声音要求两人承诺——

“……我接下来要说的事情，能请你们对东亚银行保密吗？”

晴点头答应，并催促一旁的苍一郎也快点答应。听到苍一郎同样回答“当然没问题”后，大东长吁了一口气，开始说了起来：

“小野崎家的前任当家小野崎欣吾原本是画作收藏家，到了晚年也将热情放到古美术品的收集上。然而，跟因为喜欢而收藏的画作不同，他完全缺乏鉴定古董的眼光。”

大东的话足以让人从开头就预料到结果，毕竟这算是常有的事。晴询问大东是否曾经见过前任当家，大东严肃地重重点了点头。

“我在拍卖会上见过几次，他几乎都跟柳絮庵的老板一起参加，也有传闻说他是拍卖会相当重要的客人。前任当家相当精明，所以他大概也知道自己的眼光不好，只光顾特定的几家店，有柳絮庵和……”

“空蝉堂以及……井蛙堂对吧？”

大东似乎也料想到晴已经得知前任当家的收购渠道，所以毫不惊讶地点头承认。只跟固定店交易是相当聪明的做法，然而，如果从一开始就选错合作对象，那就毫无意义了。

“要让选定为目标的对象上钩，由数间店合伙欺瞒是最好的方法。这么一来就算目标对象怀疑该古董是赝品而拿去其他店做鉴定，只要那边也是一丘之貉就会把赝品说成是真品。现在柳絮庵和空蝉堂都已经关店了，在当时却是颇有名的店。如果那种店巧妙地将真品和赝品混着出售，除非客人眼光很准，不然很难识破吧。我是在接到东亚银行的委托并前往小野崎家的仓库做确认时，才确定是柳絮庵、空蝉堂和井蛙堂三家店联合起来欺骗了小野崎家的前任当家。”

“咦……那么……也就是说，从刚买来时就是赝品？”

苍一郎惊讶地反问，大东则表情沉重地点头肯定，大概是同样身为古董商，所以觉得有些丢脸吧。

苍一郎向板着脸的大东提出疑问：

“但是……我听说银行找了能信赖的人做过鉴定，对方也保证那是真品啊……”

“所以我才不想接这份委托。”

大东叹了口气后，回答一脸困惑的苍一郎。他一开始就说过自己不愿接受委托，原因在于——

“说到御池艺术大学的追分教授，是业界无人不知的鉴定家。他那基于深厚知识所培育的鉴定眼光受到很高的评价，甚至到了光凭追分教授的一句话就能改变物品价值的地步。所以东亚银行也是想借用他的权威，才委托追分教授做鉴定吧。然而，当时追分教授已经一把年纪了。”

“……是鉴定的眼光出问题了吗？”

“不只是眼光，连判断力都不行了。加上追分教授在私生活方面也出现一些问题，甚至开始跟以前绝对不可能接近的人打起交道。也就是说……追分教授因为没有钱，开始任由一些闲杂人等利用他的权威。但东亚银行不知道这件事，仍旧委托教授做鉴定。”

“那么，难道说……”

晴先是摇头制止想接话的苍一郎，然后示意大东继续说。

“……在东亚银行提出委托我帮忙出售小野崎家的收藏品时，

一听到是追分教授做的鉴定，我就有不好的预感。可以的话我原本想拒绝，但那毕竟是从父亲那一代开始就在合作的银行，而且是常务提出的委托，我也只能接下来。不过，我特别强调如果里面混了不能在我们店里出售的品项，我会明白地说出来。虽然那位常务说在作为银行抵押品之前，曾给追分教授做过鉴定所以没问题，结果却正好相反。听说他们不相信我的鉴定，还去询问了其他业者，但是不管去哪里得到的答案都一样。根据东亚银行的说法，之前会找追分教授做鉴定似乎也跟井蛙堂有关。接下来只是我的推测，或者是臆测——井蛙堂那几家店在前任当家去世后，虽然不再跟小野崎家来往，但是在听说那些收藏品将被当成银行的抵押品时，肯定相当慌张吧。因为自己卖出去的物品中混了赝品。所以他们诱导东亚银行，去找能‘鉴定’出有利结果的追分教授。”

“为了把赝品……鉴定成真品吗？”

为了确认，苍一郎开口发问，大东则用力点头回应。保证是真品的鉴定结果其实是伪造的，让苍一郎露出大受冲击的神情，双手环胸将身体靠在沙发椅背上。坐在旁边的晴则冷静地向大东确认：

“大东先生……您不打算把这些事情告诉东亚银行吗？”

大东在说这些事之前，已经先要求他们保密。其实，只要把这些事说出来，东亚银行便能理解为什么收藏里面混了赝品。虽然大东做出会造成银行损失的判断，不过这样的话他所处的立场也能有所改善。听完晴的问题，大东露出微笑摇了摇头。

“追分教授已经去世了，我不想做出会伤害死者名誉的事情。而且刚刚也说过，这些都只是我的推测。”

“但是……”

“我已经决定绝对不当告密者。不过，我也能理解东亚银行或者是梶先生的立场。他们觉得必须调查出原本被认定是真品的东西竟然是赝品的理由。我想让他通过白藤先生去找井蛙堂……我觉得应该由那个人亲口把真相说出来。”

大东说出让梶拜访的意图，正跟晴所想的一样。但大东希望由自己以外的人说出这件事和井蛙堂有关的想法，因为誉去世这个出乎他预料之外的妨碍，无法达成。如果……誉还活着的话，事情会变成怎样呢？

“而且……”

大东接着补充说，他认为誉应该会把“井蛙堂”这个名字告诉东亚银行。

“我对装在白藤先生修理过的箱子里的那个仁清茶碗有疑问，所以想着能通过东亚银行……得到跟白藤先生见面的机会。”

晴听到大东说的话吃了一惊。恐怕大东在看到那个仁清茶碗时，与自己一样有种异样感。

“难道说……”晴先开口，用试探的语气问道，“您觉得那未免太粗糙了，是吗？”

面对直视着自己的晴，大东迎着他的视线，点了点头。

发现两者是共犯的紧张感弥漫开来，大东和晴都很清楚——誉除了是手艺高超的木工师傅以外，还拥有别的身份。大东原先似乎无法判断身为誉孙子的晴知不知道这点，现在听到晴的发言后有种放下心来的感觉。

“……是的。说实话，如果是白藤先生和井蛙堂‘准备’的作品，那未免太过粗糙。如果是井蛙堂的话，不可能使用那种物品。而且还请白藤先生修理过那个箱子，那么肯定会使用更精巧的东西才对。”

听到大东压低声音如此断定之后，晴将手放在嘴边重重地叹了口气。誉帮忙制作赝品，这是无法否认的事实。虽然誉不是主导者，只是完成他人委托的工作，但依然动手做了坏事。

而且，找誉协助的正是井蛙堂。誉和井蛙堂的老板交情匪浅，他帮忙制作赝品并非被强迫或是为了金钱，而是他本身就对制作赝品非常着迷。晴曾对在深夜专心致志地握着工具面对箱子的爷爷感到恐惧。

誉会刻意隐瞒，完全不让晴看到跟制作赝品有关的工作。晴也故意装作不知情。在深夜时分，随着那道询问“在不在”的声音，玄关大门被拉开，接着原本待在客厅的誉便会要求晴不要出来，然后跟带来“工作”的客人一同走进工作室，对方正是井蛙堂的老板。其实在懂得人情世故后，晴就已经察觉到那两人究竟在做什么。

没错。自己明明很清楚井蛙堂的老板是什么样的人，却对此视而不见。晴想起当报应落在自己身上时，曾陷入悔恨中的那个自己。他努力忍耐着不让自己的脸变得扭曲，回应一声：“这样啊。”

他缓缓地长吁一口气，尽量让心情平静下来后，将意识拉回到与大东的对话。

大东会与誉分道扬镳，正是因为誉和井蛙堂有往来。晴觉得大东的推测并没有错，因此表示赞同。

“我也觉得是这样。在看到那个仁清茶碗的瞬间，我就觉得很奇怪……而且，即使小野崎家的前任当家眼光不算好，毕竟也是收集了那么多收藏品的人。这样的人会被那种东西蒙骗……这也让人很疑惑。”

“我也很不解……但装在那个箱子里面的就是那种程度的东西。或许……我还是无法否定那个可能性。”

面对露出困惑表情的大东，晴接着提出另一个问题——

“虽然可能跟前一件事无关……不过，我很在意被杀害的小野崎先生在电话中对梶先生说的内容。他说‘从一开始就是赝品’，是因为他已经注意到追分教授做的鉴定有问题吗？”

不过，大东立刻否定晴提出的疑问。晴没有见过小野崎，但是负责出售收藏品的大东曾跟他见过几次面，因而可以断言对方不是能分辨真假的人物。

“小野崎先生对古董和美术品完全没有兴趣，开口就是在说钱的事情，只要稍微交谈一下就能知道这个人没什么品位，我不觉得他能看出那个仁清是赝品。”

“那么……小野崎先生知道收藏中混了赝品，是因为大东先生指出了吗？”

“是的，我在东亚银行的人也在场的情况下将事实说出来了。”

“他当时的模样是？”

“虽然很不安……不过看起来不像是从一开始就知道的样子。”

因为收藏被鉴定为真品，才能拿来做抵押。如果真的知道那些收藏从一开始就是赝品，小野崎应该会保持沉默吧。那么……那时候他为什么会想对梶说出真相呢？正当晴思考起这个问题时，突然感觉到旁边传来一道视线。

在跟大东说话的期间，因为晴又想起以前的事情，以至于完全忘记要顾虑一旁的苍一郎。一转过头，晴就看到苍一郎不悦地看着自己。苍一郎在听到把赝品故意鉴定成真品后陷入沉思，接着又因为晴与大东接下来谈论的内容遭受强烈的冲击，完全说不出话。

面对露出锐利眼神要求自己说明的苍一郎，晴微微皱起眉头。这时，待在店内深处的女店员来向大东报告有人打电话来，大东向她询问对方是谁后，让女店员向对方表示自己晚点会回电。

听到两人的对话后，晴为自己没有预约就来拜访而道歉，接着开口告辞。身为名店老板，大东自然非常忙碌，光是能占用他这么多时间就让人非常感谢了。晴一开口道歉，大东就表示必须道歉的是自己才对。

“我真的没有想到会给身为孙子的你添麻烦。东亚银行那边就由我来……”

“没事，我也很在意仁清的事情……而且眼前的情况算是骑虎难下，我会继续调查一段时间，也绝对不会泄露大东先生说过的话。”

再次表示自己会保守秘密后，晴从沙发上站起身并催促苍一郎也起来，接着向大东鞠躬道别。晴用眼神向打算说些什么的苍一郎示意晚点再说，然后一起朝门口走去。

“当时……”

大东跟在他们身后，目送他们离开，然后突然对着晴那走到店外的背影开口。晴觉得意外因此回过身，看到大东正望向远方而不是看着自己。大东露出哀伤的表情，仿佛想起了包含痛苦回忆在内的往事一样，继续自言自语：

“我还太年轻……可以说还太不成熟，无法理解像白藤先生那般手艺高超的工匠，为什么会跟井蛙堂扯上关系。不过……我现在明白了，正因为他是有着精湛手艺的工匠，才会有那种业障般的东西……所以我对于跟白藤先生是以那种形式分道扬镳感到悔恨。其实……我多么希望今天找上门来的人是你爷爷。”

“……”

久未谋面的大东，在样貌上有着不可能单纯因为年老所造成的改变。因而在听到他说自己生过病时，晴立刻就理解了。晴想着大病一场也许是导致大东心态改变的契机，同时再次低头致意。在晴为打扰这么久而致歉后，大东也表示以后随时都能联系他。

“真要说起来，把白藤先生牵扯进来，我也有责任，所以我会尽力帮忙的。而且，你应该也很忙吧？”

“嗯……”

“你不在日本的那段时间是去留学吗？”

大东很自然地询问，晴却一时之间说不出话来。早已跟誉分道扬镳、连誉去世都不知道的大东，似乎误以为晴还处于跟以前相同的环境当中。正当晴烦恼着该如何说明时，大东接着说道：

“虽然作品深受期待是很辛苦的事，不过那是特别的人才做得到的工作。请务必在体力充沛且还年轻的时候多创作一些……”

“我已经放弃了。”

眼看在思考该怎么说时，机会就要溜走了，晴便像是要吐露感情般简短地说道。大东似乎无法立刻理解这句话的意思，露出讶异的表情歪着头。晴吸了一口气后，用低沉的声音重复一次：

“我放弃……雕刻了。”

在大东还会来白藤家拜访时，晴是艺术大学雕刻系的学生，而且是备受期待的新星，被评为百年难得一见的逸材，就连大东也知道这件事。

“为什么？”

面对表情僵硬地询问的大东，晴露出为难的表情，说出他向每个知道他过去的人所用的借口：

“我变得无法随心所欲地雕刻……这样实在太难受了。”

那是拥有才能之人的微妙世界。大东也很清楚这件事，所以只回应一句“这样啊”就没有再说下去。大东道歉说“抱歉说了多余的话”，晴立即表示“没这回事”并再次低头致意。

看着大东走回店里，晴朝苍一郎所在的方向转身。看着苍一郎一脸不悦地站在隔了一段距离的地方，晴轻轻叹了一口气。虽然知道必须解答苍一郎的疑问，但是晴无法主动开口，最后只说了“走吧”。

大概是听到晴和大东的对话，苍一郎也很迷惘，不知该如何开口。而且他很清楚，晴不擅长应对别人询问自己为什么要放弃雕刻。当保持沉默的两人即将走到赤坂见附站时，苍一郎总算提出问题——

“……你们说爷爷和井蛙堂‘准备’的物品是怎么一回事？难道……是指爷爷插手赝品的制作吗？”

"……"

"如果是这样的话我就能理解了。晴在小野崎家的仓库看到井蛙堂这个名字时，为什么会怪怪的……还有你为什么不想跟这件事扯上关系……因为你很清楚爷爷究竟做过什么事，对吧？"

"……"

"晴。"

晴能清楚听见苍一郎的声音从后方传来。即使大东在对话时避免提及"假货"和"赝品"等字眼，但听完对话依然能理解是那个意思。虽然在某些方面很散漫，但苍一郎并不是笨蛋。

晴重重地叹一口气，停下脚步转头面对苍一郎。苍一郎也站在原地直视着晴，他的表情非常认真，晴无法用一句"与你无关"打发他。

"因为你很仰慕爷爷，我实在不想告诉你这件事，也不想让你过来这里。"

"为什么……为什么爷爷要做这种事？为了钱吗？"

"不是。"

晴对无法理解的苍一郎摇摇头，同时想起大东刚刚说过的话。确实，那对誉来说或许是无法抗拒的业障。除了制作出精美的五斗柜，誉也会帮忙制作能骗过眼光高超之人的赝品。如果要说哪一边能让他得到满足感，那肯定是后者。

一旦体验过那种悖德的快感，就再也无法放手了。对于能因此感到快乐的人来说，更是如此。誉和晴虽然有血缘关系，在这点上却不同。誉虽然不喜欢自己这种个性，却没有跟井蛙堂断绝往来。

直到发生了最关键的那件事为止。

“爷爷他……喜欢做这种事情。”

“喜欢……用假货欺骗别人可是坏事啊……这不是喜欢或讨厌的问题吧？”

“……”

那肯定是生性开朗的苍一郎无法理解的事。正因为如此，大东最后也跟誉分道扬镳。无论怎么说明苍一郎都无法理解，而且晴觉得不需要让他理解，所以只是说出结论。

“或许你不一定能理解，但是爷爷帮忙制作赝品是事实。至于小野崎家的那个跟爷爷是否有关，还需要再进一步调查才能确定。”

说完之后，晴就转身背对着苍一郎，重新迈出脚步。当晴踏上前往地铁月台的阶梯时回头一看，苍一郎已经不见踪影。

“……”

晴认定他一定会跟上来，因此完全没有注意背后，根本不知道苍一郎是什么时候消失的。想起痛苦地辩驳的苍一郎，晴忍不住重重叹一口气。就是因为会这样，晴才不希望让苍一郎知道。光是从大东那边听到的事实就很让人头痛了，他如今还非得分神担心苍一郎。

仿佛在嘲弄晴忧郁的内心般，一阵寒风呼啸而过。

虽然在出发之前，晴都很犹豫是否该造访春霞古美术店，结果却得到超乎预想的收获。小野崎家的收藏品中混杂赝品的理由应该跟大东的判断一样，但是，问题在于晴无法把这件事直接告诉梶。

该怎么遵守与大东的约定，同时跟梶说明呢？还有，苍一郎的事情也让人很头痛……晴忧郁地乘坐地铁回到千驮木后，由于想顺便去买晚餐的材料便绕道前往超市。

晴回忆冰箱里的存货，买好食材，当爬上三崎坂走在回家的路上时，已经过了下午两点。如今已是相当接近冬天的晚秋，因为是一年中太阳最早下山的时候，还不到下午三点就有种到了黄昏的感觉。

晴穿过月影寺，准备往白藤家走去，在听到背后传来“小晴”的呼唤声后，停下脚步。他转过头去，看到身穿和服以及日式围裙的登喜子拿着锅站在那里。

“阿姨。”

“你来得正好……怎么啦？”

“嗯？”

“小晴的表情很吓人哦。”

听到面露笑容的登喜子皱起眉头这么说，晴惊讶地摸了摸自己的脸颊。可能因为在思考事情，晴很自然就露出严肃的表情。

刻意放松表情后，晴摇了摇头说：“……我没事。”

“真的吗？”

“阿姨找我有什么事？”

为了不让登喜子担心，晴用开朗的语气询问。闻言，登喜子轻轻举起用双手捧着的锅，表示正要把这个拿给晴。

“我煮了关东煮想当晚餐的配菜，但是煮太多了，想分一点给你们。”

“谢谢阿姨。”

晴一边道谢一边接下锅，因突然想起某件事，便将视线停留在登喜子身上。正当晴烦恼着到底该不该说时，登喜子颇感意外地望向他询问：“怎么啦？”晴在刹那间判断不要说比较好，于是摇摇头表示：“没事。”

晴不希望因说了什么多余的事情而被卷进争执当中。登喜子说了句“再见”后往月影寺正殿方向走去。晴目送她离开，接着迈步向墓地走去。

登喜子是月影寺住持的妻子，晴从小就跟爷爷一起生活，在各方面都经常受到她的照顾。誉去世时也是，找出晴身在何处并通知他的人正是登喜子，她更一手包办葬礼等各项工作。让晴抬不起头的人有很多，其中欠最多人情的就是登喜子。

他拿着沉重的锅回到家，一打开玄关的门锁就直接前往厨房。他一开始还没什么感觉，不过随着拿锅的时间变长，锅的重量逐渐变成负担。当他将锅放到瓦斯炉上打开锅盖一看便明白了，因为锅里的关东煮多到很难说是“做太多所以分一点给你们”的程度。

“……”

搞不好登喜子是那种第六感很准的类型——晴脑中浮现这个念头，但是做多余的猜测只会自找麻烦。他决定不要多想，收拾好买回来的食材就走进工作室。预定之外的外出行程耽误了不少时间，导致他今天的工作完全没有进展。晴的收入取决于工作量，他过着每天都要赚取当天生活费的日子，所以为自己定了最低必须达成的目标。

该怎么跟棍说明？苍一郎又跑到哪里去了？要思考的事情实在太多，晴甚至忘了时间，一直默默地工作。当一言不发地持续雕刻的晴，听到玄关传来声音而抬起头时，太阳早已经下山，工作室里也变暗了。

由于天还亮着的时候就开着灯，使得晴没有注意到天色已经变黑。看了看钟，晴这才发现已经晚上八点多。抱着“糟糕”的心情放下雕刻刀，晴一边敲着因为一直维持相同姿势而发麻的腿，一边站起身来。

“欢迎回来……”

晴以为是苍一郎回来所以开口打招呼，然而站在敲土上的人是国崇。平时的话，晴根本不可能出来迎接人，在发现自己有多在意苍一郎后，晴感到一阵厌恶。内心会出现这种失望的心情，正是因为他很担心苍一郎。

看到晴明显表露出失望的模样，国崇用不可思议的语气询问：“怎么了？”

“……没事。你为什么过来了？”

“我很在意前天的事情。苍一郎呢？”

“……还没回来。”

冷冷地说完后，晴走回工作室收拾起工作用的工具。他关上灯前往厨房时，看到国崇穿着大衣坐进暖桌当中。

“至少把大衣脱掉啦。”

“很冷啊。差不多可以把暖炉拿出来了吧？”

“目前只要有暖桌就够了。要吃饭吗？”

“你要吃的话我就一起吃。”

听到国崇毫不客气的回答后，晴点燃瓦斯炉，并趁着加热从登喜子那边拿来的关东煮时做起其他准备。因为晴在看到登喜子分送的关东煮时，曾冒出“该不会……”的念头，所以多煮了一些饭。他将事先做好放着的凉拌青菜及牛蒡丝装进中型碗里，与装了满满一大碗饭的饭碗一同端到客厅。

与苍一郎的想法不同，晴从长年的经验得知，找国崇帮忙准备只会增加自己的麻烦。他在坐进暖桌中看着平板电脑的国崇面前摆好饭碗和盘子，接着将加热过的关东煮放到暖桌中央。

“哦？今晚吃关东煮啊。很有冬天的感觉呢，真不错。”

“这是阿姨送过来的。”

“……”

“我觉得她应该知道你路过家门却不回去。”

晴冷哼一声如此表示。国崇则一言不发。

登喜子和国崇是亲生母子，也就是说国崇是月影寺住持的儿子，还是应该要继承家业的长子。明明如此，国崇却选择了与僧侣无缘、调动又多的职业，过着完全不管家里的生活，登喜子自然不会给这样的儿子好脸色看。

前天，国崇也是溜过自己的家——月影寺，跑来拜访白藤家。对于只要没有十万火急的事就绝对不回家一事，国崇也有自己的理由。

“只要一露脸，他们就会对我说教啊。”

“会说教表示他们爱你。而且，人家不是常说‘子欲养而亲不待’吗？”

“那种话是说给没有年老双亲的人听的。”

“你在说什么啊，阿姨和伯父都才六十而已，不能用年老来形容吧。”

“没错，正因为他们都还很年轻而且超有精神，所以我也没有必要在闲下来的时候跑回去。”

“却跑来我家？”

晴受不了国崇连续说出那种以自我为中心的理由，大声地回嘴，结果只得到国崇简短的一句“给我黄芥末”。虽然啐了一声，晴还是去厨房帮他拿软管装的黄芥末酱。晴对于明明来到附近却不肯跟父母见面，还大口大口吃着关东煮的国崇感到目瞪口呆，把黄芥末丢给他时说道：

“你会有报应的。”

“我每天都在接受报应啦。话说回来……比起这种事，前天发生的那起事件现在如何？虽然我昨晚想过来，不过实在太忙了……跟苍一郎也只能用语音信箱沟通，完全没聊过。”

一听到苍一郎的名字，晴就忍不住皱眉。国崇很敏锐地察觉到异状，开口询问：“怎么了？”

“你指什么？”

“是吵架了吗？”

国崇也好、苍一郎也好，明明平常看起来不像感觉敏锐的人，对晴的观察力却好得不得了，这让晴忍不住叹息。因为不想被追问苍一郎的事情，晴简单回答“没这回事”后，就说起之前拜访小野崎家的事情。

“东亚银行的梶先生向小野崎夫人询问后，就让我去那边检查有问题的箱子。这么说来，来过我家的刑警当时也在小野崎家，似乎是搜查一科的刑警。那位大叔的性格很糟糕，光是跟他交谈都会让人很火大。”

“你觉得性格温和的人有办法在一科工作吗？”

“你也包含在内啦。”

“我只待了两年左右哦。”

虽然国崇表示不要把他跟那些人相提并论，不过在晴眼里他们根本是一丘之貉。晴一边想着国崇与矢田的差别大概就是狐狸与狸猫的程度，一边说明在小野崎家检查过的箱子。他模棱两可地表示，誉的确修埋过箱子，不过誉和箱子里面的赝品是否有关还不清楚。闻言，国崇一脸认真地反驳：

“这不是一句‘还不清楚’就能算了的事情吧？”

“为什么？”

“如果不找出确实的物证否定关联性，之后提到这件事时会很麻烦。”

“笨蛋，我又不是在找杀人事件的犯人，而且，我为什么非得做到那种地步不可？比起这个，搜查进行得如何？”

对国崇职业病般的发言吃了一惊后，晴指出他该担心的是搜查进度才对。虽然没有看报纸和电视新闻，不过犯人如果被逮捕，晴肯定会在某处看到这类消息。然而，如今完全没有听说有相关的情报。

晴询问国崇搜查工作是不是遇到瓶颈，国崇一边吃关东煮一边板起脸孔说：

“似乎是那样。原本单靠目击情报锁定的重要关系人被释放，警方现在应该转为慎重行事了。”

“如果小野崎是在家中被杀害，那应该不是外人所为吧……不，如果是小野崎撞见潜进来偷东西的犯人，那就有可能了。”

“这个可能性好像很低，因为没有小偷潜入的痕迹，小野崎家也没有遗失东西，而且待在会客室的被害人撞见小偷的几率很低。小野崎会待在会客室，自然是因为他正在跟某人见面，或是有那个打算。”

“这么一来……家人就被排除在嫌疑之外吗……”

“正因为如此，梶才会被怀疑。”

点头同意国崇的意见后，晴从装着关东煮的锅里夹起自己想吃的东西。他将染上漂亮颜色的鸡蛋放到盘子里，接着看到原本装满整锅的关东煮已逐渐减少，不禁板起脸孔。

这样下去很有可能苍一郎回来时会没东西可吃，所以晴起身去拿分装食物用的盘子。国崇完全没有发现晴在担心什么，还在这时递出空碗要求再来一碗。

“不过，被害者的家属其实有犯案动机哦。”

“什么动机？”

“被害人似乎投保了巨额的保险金。”

“保险金吗？感觉好像连续剧的剧情。”

在国崇的碗中添好饭后，晴把饭碗和用来分装食物的盘子一起拿到客厅。他一边夹出要留给苍一郎的关东煮，一边询问关于杀人动机的保险金一事。

“即使是被杀害的情况也能领到保险金吗？”

“如果是为了保险金而杀人的话，那就另当别论。若是保险金的受益人与该事件有关，保险公司可以拒绝支付保险金。”

“是哦。不过，国，小野崎家拿来做贷款抵押的古董中混杂很多赝品，现在成了问题，无法全额回收贷款让银行大为恐慌，难道保险金不会被拿来填补欠款的大洞吗？”

如果保险金也得用来还债，实在很难想象小野崎的家人会为此杀人。听到晴的疑问，国崇摇了摇头说：

“不，寿险的保险金并不会被认定成被保险人生前的财产。保险金是受益人固有的财产，无论被保险人是否有债务都能领取。如果受益人同时是继承人的话，那只要申请抛弃继承就不需要承接债务。”

国崇以一贯不苟言笑的严肃表情进行说明。仿佛是为了配合他那副表情一样，他这番话也很深奥，晴无法立刻理解。

“所以呢？”

虽然老实地倾听并点头回应，晴还是进一步询问。国崇惊讶地回望他反问：

“‘所以’是指什么？”

“麻烦你用简单易懂的方式解释一下。”

“……也就是说，即使受益人是他妻子，她只要抛弃继承就能跟欠债划清界限，将保险金放进自己的口袋当中。”

晴抱着总算明白的心情说“原来如此”。话说回来，即使受益人能够领取保险金，但是听说小野崎还通过东亚银行之外的麻烦渠道借钱，所以不知道是否能那么顺利地将保险金放进自己的口袋。不过对警察来说，只要能找到动机就够了。

“那么……保险的受益人有犯罪的嫌疑？”

“受益人似乎是小野崎的妻子。”

“小野崎的家人是妻子和女儿……之前女儿提供了她曾看到梶先生的目击证词。梶先生在离开我家之后，立刻接到小野崎先生的电话，所以就前往小野崎家……我听梶先生说在他抵达时现场已经一片骚乱。发现尸体的人是妻子还是女儿？”

“第一发现者是妻子。我听说她们一起出去买东西，当时女儿正去车库停车。”

国崇的记忆力很强，过目不忘。晴一边听着国崇说明，一边回想小野崎家的模样。那两人只是坐在客厅沙发上，完全不出来迎接客人，与其说她们正为了家人的去世感到悲伤，不如说给人苛刻的印象更为强烈。

“不过，如果那两人是共犯……先进去家里的夫人动手犯案的可能性……”

低声自言自语的晴突然回过神来，发现自己竟然无意识地讨论起杀人事件，这样他根本无法指责苍一郎。晴重新告诫自己这件事与他无关，并且将萝卜、蒟蒻、鱼肉山芋饼、牛筋、鸡蛋和海带各取了一个放在从厨房拿来的盘子上并封好保鲜膜。当晴心想这样苍一郎回来时就可以吃，便起身准备将盘子拿去厨房时，国崇用很平常的语气询问:“他什么时候会回来？”

“……”

其实只要跟平时一样回答“谁知道”就好，不过其实晴也很在意，所以反应变慢。

“果然是吵架啦。”

国崇如此说道，晴则叹了口气否定。

“不是。”

晴一边回答自己和苍一郎并没有吵架，一边走回客厅，只见原本装满关东煮的锅已经能看到锅底，而且有几样菜已经完全消失。晴取出剩下的白萝卜，正打算吃饭时就感觉到国崇的视线。

国崇望向他的表情非常严肃，让晴有种身处审讯室的感觉。从小的经验告诉晴，要隐瞒国崇是很困难的事，所以早早就放弃要蒙混过关的念头，表明:“苍一郎知道了。”

“他知道了……什么？”

“爷爷与制作赝品有关联这件事。今天，为了了解小野崎家的事情，我去拜访了春霞古美术店的大东先生。大东先生是负责出售小野崎家收藏品的古董商，也是他建议梶先生来拜访我们家。大东先生以前曾跟爷爷交情很好，而且他知道是爷爷维修了那个箱子。在询问这些事情的时候，就提到爷爷过往的事……我原本并不打算带苍一郎一起去，却被他跟踪了。”

“交情很好是指……做坏事的同伴吗？”

“不，正好相反。大东先生曾苦劝爷爷不要继续做坏事，也因为这样，两人在吵架后断绝往来。正因为大东先生知道爷爷以前做过什么事……”

回想起刚刚离开时，大东那望向远方的侧脸显露出后悔的神情，让晴感到一阵寂寥。大东肯定是想趁着这个机会和誉和解吧，然而，那已经是无法实现的事。

在晴轻轻叹一口气，正准备将煮得软烂的萝卜放进口中时，国崇再次用缺乏抑扬顿挫的语气问道：

“苍一郎知道的……只有爷爷的事情吗？”

“……”

晴立刻就了解国崇是在问什么，下意识地停下筷子，但发现萝卜的汤汁滴落后，慌忙把它放回盘子上。被大东误会自己至今仍在从事雕刻创作时的那种不知所措再次出现，晴无言地点头。

国崇也很清楚表情僵硬的晴正心烦意乱，所以他将视线转移到锅中，很自然地将话题拉回来。

“那么……你从那位大东那边得到了什么情报？”

“……嗯，东亚银行想知道的事情大致上都厘清了。”

“告诉我。”

“……这只是大东先生的推测，我还跟他约好要保密，不打算如实告诉梶先生。”

“我也不会说出去。”

并非是晴不信任国崇，但他毕竟是警察，这让晴有些犹豫。当晴再度夹起萝卜准备放进嘴里时，国崇面无表情地重申“我发誓”。直到晴说出来为止，国崇肯定会纠缠不休，所以晴只好不情愿地以从大东那边听来的信息为基础，说明小野崎家的收藏品中为什么会有赝品。

小野崎家的前任当家所买下的物品从一开始就混了赝品，还有人暗中牵线让赝品被鉴定为真品。但由于完全没有证据，而且做鉴定的人已经去世，所以这终究只是推测。

国崇一边吃一边默默听着晴说话，接着自己拿着空碗去厨房添饭。添完饭回到客厅后，国崇向大致上把事情都说完的晴，询问赝品和誉是否有关联。

“我刚刚也说过了吧，还不清楚。”

“但是，大东会让东亚银行的人过来这里，就是因为他确信这件事跟爷爷有关吧？大东很清楚爷爷做过什么事。”

“……”

由于国崇的指谪非常犀利，让晴一时不知道该怎么回应。虽然晴很清楚大东建议梶来找誉的真正目的，但是一说出来就会把话题带往晴厌恶的方向。国崇仔细观察晴迷惘的反应后，微微皱起眉头用鼻子哼了一声。

“果然跟那个男人有关吧？”

“……”

“我记得……是井蛙堂没错吧？”

听到国崇愤怒地说的话，晴的眉头皱了起来。明明只是在过去曾稍微跟他提过一两次，他却能把井蛙堂这个名字牢记起来，这样的他真的让晴哑口无言。晴判断既然国崇已经有所察觉，自己再装傻也没有用，只好痛苦地点头肯定：“没错。”

晴其实不想让国崇知道这件事与井蛙堂有关。因为国崇不但知道井蛙堂和誉在做不好的事情，也知道晴和井蛙堂的事。晴一边在内心祈祷国崇不要提到那件事，一边说起大东的想法。

“……大东先生身为老字号名店的老板，实在不想跟身为井蛙堂老板的那种男人扯上关系。所以……他似乎打算让爷爷来告诉东亚银行，这件事其实跟井蛙堂有关。”

“大东不知道爷爷已经去世的事情吗？”

“嗯，因为他们吵架后就断绝往来，而且他本人似乎也大病了一场。”

“这样啊……”

国崇点了点头，大口吃起新添好的饭。晴变得完全没有食欲，放下筷子，撑着脸颊看着残留在自己饭碗中的白饭。

那个宗和箱肯定是誉修好的，而且把它卖给小野崎家的正是井蛙堂。也就是说，既然委托誉修理箱子的是井蛙堂，誉知道里面的东西是赝品的可能性非常高。但是……有个无论如何都难以理解的地方。

晴用自言自语的口气，说出大东也持相同意见的事情。

“……但是……太奇怪了。”

“你是指什么？”

“我在小野崎家检查过爷爷修理的箱子和装在里面的东西……箱子里的那个东西实在太过粗糙。”

“太过粗糙……那是假货吧？粗糙不是理所当然的吗？”

“不，假货也有等级之分。爷爷只会跟精巧得连名店的主人都难以判断的赝品扯上关系。但是，小野崎家那个箱子里的东西，却是有点眼光的外行人都能分辨的……单纯的仿制品。”

晴的说明让国崇露出不可思议的表情，并不断复述：“等级啊……”虽然国崇是个非常精明的男人，却是典型的艺术白痴，关于这点他也有自觉，所以没有评价晴这番话，只是看向装着关东煮的锅。他从所剩不多的关东煮中挑选了牛蒡甜不辣后，开口改变话题——

“所以……那苍一郎呢？他怎么了？”

“……他似乎大受打击……所以消失了。”

他们在赤坂分别后，苍一郎没有联系晴，也没有回来。晴苦闷地回答，国崇则耸了耸肩，放下筷子，拿起放在一旁的智能手机，似乎是要打给苍一郎。国崇将手机贴在耳边好一会儿，不过因为没人接电话而放弃。

“……没有接呢。他应该很快就会回来了，你不要摆出那种表情啦。”

“……那种表情是指？”

“跟母亲担心离家出走的儿子一样。”

正当晴因为国崇那仿佛在捉弄自己的语气而不悦，打算反击时，玄关传来门被拉开的声音。看到晴的脸条件反射地往玄关转过去，国崇露出苦笑揶揄一句：

“你离家出走的儿子回来了。”

没有听到有人说“我回来了”，晴有些在意，还站起身。他绕过铺着木板的房间朝玄关窥探，发现苍一郎一脸不好意思地站在那里。

“……欢迎回来。”

“……我回来了。国他……来了？”

“是啊。要吃饭吗？”

看到苍一郎点头，晴就往厨房走去。虽然国崇总是令晴很烦躁，今天却觉得还好有他在。苍一郎应该也这么觉得吧，他在客厅高兴地叫着国崇的名字。

“不好意思，我都没接电话。”

“这是我要说的话。”

苍一郎说自己打电话给国崇，是想知道警察的搜查状况后，国崇便向他重复先前跟晴说过的内容。

晴一边听着两人的谈话，一边准备苍一郎的晚餐后，把东西端到客厅。见到晴为了苍一郎而留下来的关东煮，国崇立刻双眼放光地说：“原来还有啊。”

“你在说什么！这是苍一郎的，你给我去吃……”

正当晴打算说“锅里的”而转头看时，才发现锅已经空了，明明在他夹起萝卜时还剩下一些。晴露出“真受不了你”的神情看向国崇，国崇则露出一脸“这也没办法”的表情递出空碗。

“那么，再来一碗。”

“……你到底要吃几碗？”

虽然晴想着国崇可能会来，便多煮了一些饭，不过也差不多要见底了。这让晴有点生气，但想到正因为有国崇在，他才不用面对跟苍一郎独处时的尴尬，只好不情愿地拿着饭碗去厨房帮国崇添饭。

在苍一郎吃完饭时，国崇也真的把电饭煲里的饭都吃光了。到了这个地步让他待着也没什么意义，晴想快点打发国崇回家。不过，国崇钻进暖桌里躺着，整个人放松下来了，完全没有要回去的意思。

“喂，你差不多该回去了吧？”

到了晚上九点多时，晴终于忍不下去，对国崇说道。即使晴的语气中带有不悦，国崇依然毫不在乎，只是平静地开口回应：

“别担心，我出差的行程已经全部结束。”

“我才没有担心。既然这样，你快给我滚回新潟。”

“明天和后天是周末所以休假，我打算悠哉度过。”

“想悠哉就给我回你家去。你家就在眼前吧！”

正当晴啰唆地念叨时，洗好澡的苍一郎过来说：“国，浴室没人用啦。”国崇回一声“好”之后，站起身来准备前往浴室，这让晴吃了一惊。

“给我等一下！为什么你要在这里洗澡？”

“又不会怎样，别那么小气嘛。”

国崇用悠哉的态度回应带着怒气的晴后，朝浴室走去。白藤家对国崇来说是从小就经常出入所以非常熟悉的地方，晴无法阻止国崇以一副“这里是我家”的态度擅自行动，只能放弃，走回自己房间。

“受不了……”

自己家明明近在眼前，为什么要在白藤家洗澡？反正这样下去，他肯定会睡在暖桌里过夜吧。晴中午时还犹豫过要不要跟登喜子报告国崇回来的事，要是当时直接说出来就好了，不过，那么一来他将会陷入另一种麻烦中。

叹了口气将被褥铺好后，晴躺进被窝里。虽然曾一时觉得还好有国崇在，不过也因为这样，晴反而完全没跟苍一郎说上话。明明他必须好好跟苍一郎谈一谈，也要思考该怎么跟梶解释。平时只要躺进被窝，睡意就会立刻袭来，今晚的晴却相当难入睡。

好不容易睡着时已经是半夜，然后他一直熟睡到天亮。让晴从沉睡中苏醒的，是国崇在他耳边的呼唤声。晴心想着，自己竟然熟睡到要让国崇进来房间叫醒自己的地步，结果伸手拿起枕边的闹钟一看，发现时间才刚过早上七点。

而且，就算是真的睡过头，对于自由职业者的晴来说也不是太大的问题……晴叹了一口气起身，看着国崇问他:“怎么了？”才发现他的表情异常认真。

“发生大事了。”

“什么事？”

“小野崎华英死了。”

“咦……”

那是刚睡醒的晴无法理解的内容。小野崎华英……晴在脑中重复这个名字数次后，才总算想起这个人的模样——在小野崎家的客厅里，对梶吐出辛辣的指谪，身穿黑色连身裙的女子。

晴心想怎么可能，紧接着皱起眉头，向国崇询问到底是怎么一回事。国崇身穿与严肃表情不搭的缤纷花纹便服，那是向苍一郎借的。他拿着手机双手抱胸，表示他也还不知道详情。

“我目前只知道小野崎夫人报案说女儿死在她自己的房间里。是负责小野崎杀害案件的管理官联系我的，说他们正在赶往案发现场。你要过去看看状况吗？”

“说什么过去看看……就算我真的去了，只要警察在场我就进不了小野崎家吧？”

“有我在。”

虽然晴对国崇的提议感到迷茫，但是在仔细思考前就先点头了。如果华英也是遭人杀害，那就有两名与小野崎家有关的人被杀了。即使晴觉得这件事与自己无关，但说实话他还是会在意。

国崇为了换衣服走回客厅，晴也脱下睡衣准备出门。他想不能不告诉苍一郎就跟国崇离开，于是穿过客厅朝后方的房间走去。晴打开侧面的拉门，朝着混乱到让人犹豫要不要踏进去的房间内喊道：

“苍一郎，小野崎家的女儿似乎死了，国说要去小野崎家看看，你呢？”

乱得让人根本不知道苍一郎睡在哪里的房间内，某个区域突然有动静。平时就算被晴怒吼也不会立刻起床的苍一郎，可能是因为如今的状况太令人震惊，居然醒了过来。苍一郎顶着一头乱发，睡眼惺忪地看向晴，问道：“什么？”

“如果你想一起去就快点准备。”

毕竟晴也不清楚详细的情况，他想着与其做些多余的问答不如要苍一郎快点准备，所以简短地交代完后就把纸门关上。听着背后传来足以让凌乱的房间天翻地覆的巨大声响，晴走进客厅，看到已经换好西装的国崇正拿着手机在打电话。

晴一边用手势和国崇交谈，一边一同往玄关走去。在两人穿好鞋子正准备出门时，连衬衫扣子都没扣好的苍一郎，几乎是连滚带爬地追了出来。

锁上玄关大门，三人一同迅速穿过月影寺院内。因为国崇依然在跟某人讲电话，所以苍一郎用兴奋的声音向晴询问状况。

“竟然死了……难道是被杀了吗？”

“谁知道，这点目前还不清楚……你纽扣扣错了。”

“没关系，反正外头会再穿一件毛衣。如果她是被杀害的话……那么，夫人就会变得很可疑吧？”

虽然头发乱翘，眼镜也是歪的，苍一郎的眼睛却完全不像刚睡醒似的闪闪发亮。因为昨晚才跟国崇讨论过保险金的事，苍一郎才会怀疑小野崎夫人是犯人吧。

晴什么都没说，只是耸了耸肩。走过月影寺的私人道路来到三崎坂后，正当晴准备前往日暮里车站时，国崇招手拦下了路过的出租车。

“我可没钱哦。”

“我来出。”

对穷惯了的晴和苍一郎而言，是不可能使用出租车这种奢侈的交通工具的。国崇虽然收入不算高，但仍有一定的经济能力。晴和苍一郎心存感激地接受国崇的好意，一起坐上出租车，前往位于等等力的小野崎家。

小野崎家前方停了两辆警车和两辆轿车，因为其中一辆跟自己前几天看过的车种相同，让走下出租车的晴有种不好的预感，甚至开始后悔，觉得自己果然不该跟过来。然而，他确实很在意，纵使有可能会被赶走也想来看看。

晴想着，总之就跟着国崇过去看看，然后紧跟在他后面。小野崎家虽然没有拉上禁止进入的塑胶布条，但是大门内侧站着身穿制服的警察。国崇向年轻的巡警出示身份证件要他们开门后，就带着晴和苍一郎走了进去。

通过大门、穿过走道来到玄关，铺着石板的玄关地面上摆放着好几双皮鞋。晴和苍一郎曾经拜访过小野崎家一次，因此知道客厅等地方的位置，脱下鞋子就带着国崇前往客厅。打开位于走廊转角的门，只见小野崎夫人和两名男子在里面。

夫人坐在沙发上，在她对面坐着一名三十至三十五岁的男人，另一名五十来岁的男人则坐在他旁边。两人的共通点是身着深色的西装、面带严肃的表情，一看就知道是国崇的同事。两名男子一脸讶异地看向没有敲门就走进来的晴等人，但是在看到国崇的瞬间，他们的脸色立刻变了。

“咦……望月前辈……”

“……”

特别是较年轻的那名男子还皱起眉头，在称呼国崇时在姓氏后方加上“前辈”，由此可知他是国崇的后辈，也就是负责本次事件的管理官。晴和苍一郎对望了一眼。国崇不管在哪里都是我行我素的人，绝对不是那种会让人想当他后辈的类型。

“为，为什么……”

“明智，不好意思，也让我列席吧。胜见先生，好久不见了。”

国崇似乎也认识那名五十来岁的男子，很有礼貌地低头致意，被称为“胜见”的男人向国崇点头回礼。国崇堂堂正正地摆出完全看不出是无关人士的威严态度走向沙发，毫不客气地坐到明智旁边。他向陷入慌乱的明智示意“继续吧”，相当沉着。晴在与苍一郎一同站到国崇后方，不禁打心底同情明智。

胜见虽然讶异地看着晴和苍一郎，却什么也没说。他仿佛放弃般轻轻叹了口气，代替因为国崇登场而失常的明智开口，继续对小野崎夫人问话。

他们前几天来小野崎家拜访时，夫人也是形容枯槁，她今天的脸色更是比当时憔悴了一倍。这也是当然的，毕竟在丈夫之后，连她女儿都去世了。

“夫人是在早上六点多去了华英小姐的房间没错吧？”

“……是的，因为华英拜托我叫她起床……所以我在睡前设了闹钟，在早上六点醒来之后，立刻去叫华英起床。结果……”

“就看到华英小姐用门把上吊了。”

“是自杀吗？”

听到胜见接过夫人的话后所说出的内容，苍一郎用惊讶的语气反问。那混杂好奇心的声音相当响亮，让现场的气氛一阵紧张。晴用手肘撞了苍一郎一下，并代替他开口道歉，不过国崇看上去完全不在意，还要求身旁的明智说明——

“看起来像是自杀吗？”

“……就现状看来是。但是，因为前几天发生过杀人事件，我们为求谨慎，便派了鉴识组和法医过来。”

一听到明智小声地回答派了鉴识组过来，苍一郎的表情就变了。他在晴耳边说要去现场看一下，立刻转身朝客厅的出入口走去，晴想阻止却已经来不及。

两人毕竟是趁乱混进来的，晴觉得要是擅自行动会惹麻烦，不过想到现场的搜查人员也不会让外人进去，苍一郎应该会立刻遭拒绝而回来这里，也就放弃追上去了。

晴将视线从苍一郎走出的门扉移回小野崎夫人身上，看到她表情沉痛地交代起昨晚的经过。

“昨晚……我和华英一起外出吃饭……大约在晚上十点前回到家。华英说她今天有工作，想早点出门，所以希望我去叫她起床。她的态度跟平常一样……完全看不出有想自杀的念头。”

“的确，如果想自杀，拜托别人来叫自己起床实在很奇怪。”

“丈夫遇到那种事情……我就只剩下华英了……究竟……该怎么办才好……”

她不知所措的模样非常真实，比起丈夫去世，失去女儿这件事似乎更让夫人伤心。国崇询问现场是否找到遗书之类的，明智则摇头否定。这时，晴也很熟悉的矢田与苍一郎一同走了进来。

“组长。”

矢田称呼的对象是胜见，晴也因此得知他是矢田的上司。虽然晴很担心矢田是来抱怨跟在他后面进来的苍一郎，不过他的目的是要说明手上的证物。

“请看这个。”

矢田往胜见靠近，递出装在塑胶袋中的折叠式手机。他透过塑胶袋打开粉红色的手机，让胜见看手机画面。见状，胜见突然皱起眉头，开口呼唤明智。

“管理官，你看这个。”

国崇从旁边,晴和苍一郎则从后面窥探胜见向明智递出的手机。手机上开着用来写短信的画面，上面打着简短的文字信息。内容只有一句“对不起”，收信人为“妈妈”。由于手机的主人是华英，所以不需要听矢田说明，也能立刻理解那是一条要发给小野崎夫人的短信。

明智探出身子，将手机拿给小野崎夫人看。夫人点头证实这是华英的手机，看完画面上的短信内容后，小声地喊出女儿的名字。

“华英……呜……”

“……这条短信好像并没有发出去。夫人的手机有收到华英小姐发的短信吗？”

“……没有收到。”

无力地摇头否定后，小野崎夫人低下头，用双手捂住整张脸。女儿写下的短信似乎令她受到相当大的打击，她一直保持那个姿势一动也不动。明智与胜见交换意见后，决定之后再向夫人问话，众人一同走出客厅。直到这时，矢田才开口向胜见询问，为什么会有外人在场。

“我以为望月前管理官已经回新潟了。然后，这两位是疑似古董商但职业不明的二人组。没错吧？”

“……这是明智管理官的指示。”

“胜，胜见组长！我……”

胜见将责任丢给明智，明智面色铁青，打算解释。国崇站在两人旁边、完全没有一丝歉意，还指着矢田在晴耳边低语。

“原来如此，跟你说的一样，是个性格恶劣的大叔呢。”

“……”

被当成外人对待，国崇因此感觉不高兴。但他说出的讽刺，以悄悄话来说声音实在太大，周围的人都听得到。晴虽然皱起眉头瞪向国崇，不过他也对矢田的发言感到不悦，所以主动开口反驳——

“我说过自己不是古董商了，而且好歹也算有工作。”

“但是你看起来不像优良的纳税人呢。”

“虽然纳税额……的确没有多到能让我抬头挺胸的程度……”

矢田的反驳确实命中晴的弱点，让他反驳的声音变弱了。国崇眯起眼睛看着有点垂头丧气的晴，接着对大家说先过去现场看看吧。“是在二楼吗？”向苍一郎确认后，国崇迅速往楼梯走去，明智和胜见也追上去，晴和矢田则跟在他们后面。

“……你和望月前管理官是什么关系？”

跟在晴身旁的矢田低声询问。晴总觉得即使自己说了实话，矢田也只会做出不好的推测，所以一言不发。矢田侧眼看着晴的反应，接着说他从苍一郎那边听说两人是童年玩伴。

“……你既然知道了为什么还要问？”

“我习惯再做一次确认。”

“……”

晴不高兴地转头看向他。露出邪恶笑容的矢田说了声“抱歉啦”，但像在讽刺人一般。

“竟然说我是性格恶劣的大叔啊……不过，真要说起来，我才刚满四十岁，跟白藤先生没有太大差别哦。所以说，如果我是大叔，那白藤先生同样是大叔。”

直到走到华英那位于二楼的房间为止，矢田的碎碎念都没有停过。看来这个人和国崇一样，是那种会因为一点小事就记恨很久的类型。晴在内心叹息着自己果然跟警察这种人不合，然后没想太多就跟着前面的人走进房间，但立刻就后悔了。

“……”

华英的遗体摆在房间的地板上，鉴识科的搜查员正在房内做调查。会兴致勃勃地来看尸体的人并不多，但跟后悔没有待在客厅的晴相反，苍一郎反倒主动走到遗体旁边蹲下，还开口跟法医搭话。国崇、矢田、胜见和明智等警察，则开始听鉴识人员报告状况。

为了尽量不接近尸体，晴走到房间深处，站到不会妨碍别人工作的窗户旁边。华英的房间很大，两间五坪以上的宽广西式房间连接在一起，前方的房内放了沙发套组和直立式钢琴，后方的房间则摆了床铺。铺着床罩的床铺上没有躺过的痕迹。

方才，小野崎夫人曾表示她昨天是在晚上十点前跟华英一同回到家里。这么一来，华英就是烦恼着要不要发短信给母亲，最后没有发出去就自杀了。虽然晴一直避免去看遗体，但在听到苍一郎与法医说到推测的死亡时刻时，还是因为在意而靠过去。

“……所谓的尸体僵硬现象，是在人死亡大约经过两小时后会出现的现象。大多都从这个部分……也就是从下颚开始，再从上肢扩展到下肢，最后全身都变僵硬，再经过二十四小时后，这种现象又会慢慢缓解。不过，确切时间会随着季节，也就是随气温有所变化，无法一概而论。”

“那么……也就是说，这具遗体从死亡算起经过多久了？”

“这个嘛，虽然只是推测，不过从上肢的僵硬状况来看……应该经过五个小时以上。加上角膜变混浊，眼球也开始软化。”

“这么一来……死亡时间就是在凌晨三点？”

“应该是这样。”

法医认真地解答,似乎完全不在乎苍一郎是不是警方相关人员。看他们蹲在一起说话的模样，感觉就是理科御宅族二人组。这时，鉴识科的调查员过来说，要把华英的遗体搬出去了。

苍一郎向帮他解说的法医表达谢意后站起身来，开口向背后的晴问道:“你听到吗？”晴点点头，又叮嘱苍一郎先让一下，不要妨碍他人。苍一郎虽然乖乖听从晴的吩咐，不过他似乎无暇顾及搜查之外的事情。

“晴怎么看？”

“你是指什么？”

“是自杀还是他杀？”

“你在说什么，不是连遗书都找到了吗？”

晴认为不管怎么看，都没有必要怀疑是他杀。华英是以上吊的状态被人发现，而且还打算发送写了“对不起”的短信，肯定是为自己让母亲遭逢白发人送黑发人的不幸而道歉。然而，苍一郎露出困惑的表情摇头。

“那种东西不能称为遗书，犯人也能留下那样的短信。”

“你这么想是以有犯人存在为前提吧？有必要这样追根究底吗？”

当晴皱起眉头反驳时，华英的遗体已经被搬运出去，鉴识科的搜查员们也收拾好东西离开房间，剩下的只有明智、胜见、矢田和秋津等搜查一科的相关人员，以及晴三人。在仅剩几个人的房间里，苍一郎向国崇询问遗体会搬到哪里去。

“因为没有发现他杀的痕迹，应该会送去做行政解剖[⑦]。明智，没错吧？”

“是的。自杀之类的非自然死亡尸体会做行政解剖来确定死因。”

“真的不是他杀吗？”

虽然晴不喜欢苍一郎那种仿佛是他杀会比较有趣的语气，不过明智等搜查一科的成员们，也是因为怀疑有他杀的可能性才赶过来吧。这时，矢田与鉴识人员一同确认完房内状况后说道：

“来确认一下状况吧。华英小姐是用皮带上吊的，而且是把两条组合起来使用。不管哪一条都是华英小姐的所有物，这点已经请夫人确认过了。在扣环部分所发现的指纹是否属于华英小姐，我们为求小心起见，已经要求做鉴定了。在尸体颈部发现的勒痕，以上吊自杀的情况来看没有发现可疑的地方。室内也没有发现除华英小姐以外的人入侵并发生争执的痕迹。至于可能是遗书的东西，就只有那条手机短信，没有发现其他类似日记之类的物品。”

“手机是在哪里找到的？”

---

⑦注：指用于对与犯罪无关的非自然死亡尸体的解剖方式。

“在沙发的靠垫之间。可能是在沙发上输入短信时滑落了。”

回答胜见问题的人是秋津，接着他又表示请了鉴识科调查手机上是否有除了华英之外的指纹。现场有应该是遗书的东西，房内和遗体也没有可疑之处，一般来说应该会迅速判断为自杀，然而不久前，这个家才发生小野崎先生遭到杀害的事件。

“如果真要说可疑之处……”

矢田这么一说，所有人都认真地看向他。

“就是华英小姐到底有没有自杀的动机。”

“夫人说过，华英小姐因为今天有工作要早点出门，到底是什么工作？”

“说是跟婚礼有关的花艺设计师什么的。不过，华英小姐只有在接到委托时才工作，工作的原因有一半是出于兴趣吧。听说今天接到的工作是在远地举行的结婚典礼。”

“会有人在有工作的日子自杀吗？”

“是对工作感到厌倦之类的吗？”

因为遗书内容只有一句“对不起”，实在无法判断自杀的动机。想知道就得彻底调查华英周遭的事物，但现在很难判断是否有必要这么做。一般来说，警察不会连自杀动机都主动介入调查。

明智与胜见烦恼着该怎么办，这时国崇说道：

“反过来说，如果小野崎华英是遭人杀害，那嫌疑犯的动机是什么？”

听到国崇的问题后，大伙陷入短暂的沉默之中。第一个开口的是明智。

“小野崎家前几天，才发生华英的父亲小野崎重吾遇害的事件。如果女儿也在同一间屋子里被杀害……应该可以当成是同一名犯人所为。”

“……而且第一个发现尸体的也都是同一个人。”

胜见低声对明智的意见进行补充。小野崎重吾也好，华英也好，他们的尸体都是小野崎夫人发现的。胜见虽然没有具体说出名字，但是所有人脑中都浮现身处一楼的夫人的脸，而且将她当成嫌疑犯。

“动机呢？”

国崇用完全看不出是外人的威严态度问道，仿佛他是现场的指挥官。明智和胜见应该对此有些许意见，不过似乎难以无视国崇的提问，只能继续回答。

“因为小野崎家的负债让夫人失去了所有财产，她就算因此萌生杀意也不奇怪。而且，夫人还有保险金这个动机。”

“虽然夫人看起来因为女儿去世相当悲痛，但是很可能也跟女儿起过争执。”

“果然应该清查华英的相关情况，并且详细调查她们母女的关系。”

点头同意国崇的意见后，胜见就命令矢田和秋津去进行搜查。矢田虽然点头答应，但仍一脸为难地双手抱胸说：

“组长，如果是小野崎夫人杀了这两人……那么夫人杀害华英的动机，是否能看成华英发现她其实是杀害小野崎重吾的凶手呢？”

没有人反驳矢田的推理，现场陷入诡异的沉默中，仿佛大家即将掌握真相，所以在互相窥探般。

矢田翻开笔记本，用慎重的语气来假设是小野崎夫人犯案的状况。

“在小野崎重吾遭到杀害的那一天，夫人比去车库停车的女儿早一步回到家中，然后趁机杀害丈夫，并发出惨叫声伪装成第一个发现尸体的人。华英小姐也没有想过母亲会杀死父亲，所以相信夫人当时说的话。然而，华英小姐之后仔细一想，就对夫人的行动产生疑问……被女儿逼问的夫人，这次则杀了女儿并伪装成自杀……”

“这不是没有可能的事。”

胜见板着脸同意矢田假设的犯案过程。矢田和秋津接到不只是调查小野崎夫人与华英之间的母女关系，还要连她与小野崎重吾的夫妻感情等彻底做一番调查的指示后，迅速离去。晴和苍一郎虽然默默听着警察们的推理，但两人都有无法释怀的疑问。

“……晴，你怎么想？”

“……是你觉得有可能是他杀的吧？”

“即使是这样……我觉得不可能是那位夫人下的手……”

苍一郎歪着头低语的声音传到了国崇耳中。国崇本来正在与明智等人谈话，然后回过头向苍一郎询问：“为什么？”

对于这个问题，苍一郎面露困惑地答道：

“国也看到夫人在看到短信时崩溃痛哭的模样吧？如果是夫人动手杀害华英小姐，那个反应就是演技？怎么看都不像吧……”

“罪犯为了隐瞒自己的罪行，什么事都做得出来。”

“如果真是这样，夫人为什么要说女儿看起来不像要自杀？她反而应该说华英小姐看起来似乎想自杀，或者的确有那种征兆之类的吧？”

“这也是伪装工作的一环，为了让情况更加真实。”

“但是……”

“无论如何，这都不是能在这里得出结论的问题，等到小野崎夫人的调查结果出来后再思考吧。至于华英小姐是不是自杀，也等鉴识科的报告出来再说。”

明智介入几乎要展开无谓争论的国崇与苍一郎之间，做出结论。晴侧眼看着一脸失落的苍一郎，他其实也对警察们的看法抱持疑问。然而，如今没有证据能证明小野崎夫人不是犯人。就如同明智所说的，晴心里想着“只能先等调查结果出来再说”，便跟上打算再次去询问夫人的国崇等人。

然而，他们回到楼下的客厅后，发现夫人陷入了无法交谈的状态。她躺在沙发上，不管怎么呼唤都毫无反应，于是众人叫了救护车送她前往医院。医生诊断后说是过劳，直接让她住院了。

晴看着小野崎夫人被送上救护车后，就跟苍一郎一同离开小野崎家。因为国崇也与小野崎夫人、明智等人一同前往医院，所以他们两人回程无法坐出租车。

他们走向等等力车站没多久，苍一郎喊了声：“晴。”因为发生了“小野崎华英死亡”这种令人震惊的事件，晴完全忘记昨天发生的事情。

他紧张地转过头，却看到苍一郎一脸认真地向他道歉。

“抱歉。”

“……”

苍一郎大概是为了自己突然消失，让晴担心一事道歉吧。然而，晴也觉得自己有些不够谨慎，所以冷冷地回应：“你在道什么歉？”

“居然问我在道什么歉？”

“你没有必要道歉，错的是爷爷。”

“……”

“爷爷虽然不爱说话，也不亲切，却是手艺高超的工匠。如果只是这样就好了……”

如果誉只是普通的工匠，自己和井蛙堂也就不会有交集……晴抱着包含自身悔恨在内的复杂回忆低语。一旁的苍一郎也低着头轻轻叹一口气，露出寂寞的表情，说起过往回忆：

“……我第一次去晴家，是还在读中学的时候。说实话，当时我觉得爷爷很可怕，看起来总像在生气……不过，随着造访的次数变多，我明白爷爷不是在生气，只是有点冷淡而已……”

晴突然见到从前根本不知道的母方亲戚，是因为接到“希望能讨论继承相关的问题”的联系。晴母亲的祖母家——宇多家，是有名的资产家。苍一郎虽然是宇多家的长男，但因为不是正妻所生的孩子，在成长过程中遭到四名姐姐疏远，每天都过着无趣的生活。

晴在誉三催四请下才不情愿地拜访宇多家，与当时念中学的苍一郎相遇，进而变成朋友。在那之后，苍一郎就开始去谷中玩。

“晴不在的时候……爷爷也允许我待在那里。虽然看起来不像是欢迎我过去，但是也没有赶我走……他光是愿意接受我，就让没有地方能去的我非常高兴了。”

“……”

“无论我何时去找爷爷，他都待在工作室里工作……这点真的完全没有变过。不过，自从晴出国之后……虽然爷爷没什么改变，但是看起来真的有点寂寞。其实我想过既然晴不在，我跑去白藤家只会让爷爷感到困扰吧……毕竟我和爷爷没有血缘关系……所以还是会在意。考上大学时……我跟爷爷报告后，他很难得地露出笑容……替我感到很高兴呢。自从晴离开之后，那应该是我第一次看到爷爷高兴的表情……想到这里就让我非常高兴……”

听着苍一郎这番话，晴重重地叹了口气。当晴告诉誉说他要离开日本时，誉什么都没有说，大概是知道晴会离开的部分原因出在自己身上，所以感到后悔吧。因为晴对誉也有所愧疚，所以没有面对面地跟他好好谈一谈。

晴已经不记得自己最后一次看到誉时,他露出了什么样的表情，也不记得自己和誉有过像样的交谈。誉为了苍一郎考上大学感到高兴一事，晴还是第一次听说，于是沉默地握紧了拳头。

抬头看向天空，太阳已经完全升起，水蓝色的天空中只看到薄薄的云层在飘动。气温上升的速度很缓慢，一旁的苍一郎缩起身子低声说：

“好冷啊！晴，真亏你只穿一件衬衫就够了。”

苍一郎在毛衣外面还穿了一件外套，依然抱怨很冷。晴对他耸耸肩，穿着与季节不合的拖鞋迈出脚。晴和驼着背的苍一郎并肩而行，从等等力车站坐上往大井町方向的电车。两人在略拥挤的电车中，占据了靠近车门的位置。

电车开始移动后，苍一郎眺望着车窗外低声说道：

“我还是觉得，犯人不可能是那位夫人。”

针对小野崎夫人是犯人的假说，苍一郎向国崇提出了质疑。虽然在小野崎家时没有开口发言，不过晴也持相同意见，所以回应他：

“是啊，我也这么觉得……总觉得时机上不太对劲。”

“时机？”苍一郎重复一次。晴则压低声音向他说明。

就跟警察的想法一样，的确可以说夫人有杀害小野崎重吾的动机。但是，小野崎家的借款问题并不是最近才爆发的。

“我觉得夫人应该从很久以前，就知道小野崎家可能会什么都没有。明知如此却到了现在才动手杀人，也未免……而且，还是冒着可能被女儿发现的风险去犯案。若要动手，她应该还有别的杀人方法和时机才对。这么一来，就不需要连女儿都杀死。”

“我也这么觉得。华英小姐的情况也是。明明她们昨晚才一起出去吃饭，夫人接着却杀了她……这样太奇怪了。”

某种难以释怀的感觉，让两人很是疑惑。

为了换乘，他们在大井町站下车，接着走向京滨东北线的月台等车。这时，苍一郎的智能手机响起。看到来电者的名字后，苍一郎先向晴说了“是梶先生”才接起电话。

“……你好。早安，梶先生。你听说了吗？”

晴心想，梶听到苍一郎这样没头没尾的询问应该会很吃惊，所以在一旁提醒了一句。虽然晴和苍一郎因为有国崇在才能得到情报，但这件事很可能还没登上媒体版面，梶得知的几率相当低。

一如所料，梶似乎反问苍一郎是指什么事情，所以苍一郎向梶说明小野崎华英的遗体被发现的事。他说完后，梶惊呼的声音大到连在一旁的晴都能够听见。

“……是的，就是这样。我们现在正在从小野崎家回去的路上……咦？啊啊，不是，因为正好有些事……”

梶询问事件的详细情况，苍一郎语焉不详地回答后，再向梶询问打电话过来有什么事。梶表示因为有些事情想当面谈，原本是打电话来问他们何时有空，但是在听到华英的事情后，就询问能不能立刻见个面。

“……晴，梶先生问可以现在过来我们家吗？”

“这个倒无妨……不过我们大约还要一小时才会到家。”

听到晴的回答后，苍一郎和梶约好在白藤家碰面便挂断电话。听到梶需要大约一个半小时才能到，晴表示这样正好，两人一同坐上进入月台的电车，然后在东京站换乘山手线。到日暮里站下车后，他们迅速朝自家移动。

因为晴是在睡梦中被叫醒，接着只换了衣服就出门，所以连被褥都没收拾好，而且客厅也被国崇弄得一团乱。在梶过来前，晴慌忙地将暖桌的棉被挂起来，并用吸尘器打扫了地板。正当他一脸不悦地收拾起橘子皮和零食的空袋子等垃圾时，玄关传来“打扰了”的呼唤声。

晴让帮忙打扫的苍一郎去迎接客人，自己则走进厨房泡茶。被苍一郎带进客厅后，梶才刚坐下，就立即询问到底发生什么事。

“我吓了一跳……虽然打了电话去小野崎家，但是没有人接。”

“我想也是，因为夫人昏了过去，被送上救护车了。”

“救护车？”

梶重复苍一郎的语尾词，惊讶地瞪大眼睛。晴抱着让梶受惊的歉意，将放在托盘上端来的茶杯递给他，苍一郎则大略说明事件经过。

“其实……前几天梶先生在我们家见到的那个……高大男子，他不只是我的童年玩伴，还是一名警官。”

“咦……他是警察吗？”

“所以他才能知道各种情报……小野崎家报案的事情也是他告诉我们的。”

虽然没有必要连国崇的身份都说明，不过梶一听到国崇是警察就表示“原来如此”，还点了点头。晴表示自己会去现场是因为有国崇同行，所以能知道详情。梶则表情严肃地询问详细状况。

“发现华英小姐遗体的人究竟是……”

“小野崎夫人今天早上发现华英小姐死在自己房内便立刻报案。华英小姐被发现时，是以房内的门把和皮带上吊的状态。目前警察正朝自杀与他杀两个方向调查。”

“咦……既然是上吊，那应该是自杀吧？”

梶讶异地询问代替晴做说明的苍一郎。大部分的人在听到上吊时，都会想到是自杀吧。实际上，虽然小野崎华英也被怀疑是他杀，不过单纯从现场状况来看，自杀的可能性比较高。

“这个嘛……警察是同时怀疑有他杀的可能性。”

“怎么会……连华英小姐也被杀了吗？”

听到梶低声问“到底是谁”，晴和苍一郎对看了一眼。

虽然晴觉得不应该给梶灌输过多先入为主的偏见，不过因为有想先确认的事情，便把警方正在怀疑小野崎夫人的事情告诉他。

“怀疑夫人吗？”

“毕竟是在同一个家里连续发生杀人事件，警察自然会怀疑是同一名犯人所为。小野崎先生的遗体也是夫人发现的，她是两起案件的第一发现者。而且夫人有动机，小野崎先生的保险金受益人就是夫人。”

“……就算是这样，那华英小姐呢？夫人没有杀死华英小姐的理由吧？”

“警方似乎认为，是因为华英小姐发现杀死小野崎先生的凶手是夫人……”

苍一郎一脸无趣地补充道，梶闻言后讶异地歪着头。晴对露出这种表情的梶询问起小野崎家的家人关系究竟如何。梶作为东亚银行的负责人之一，频繁地出入小野崎家，对此应该相当清楚。

“……说实话，他们关系并不好，我觉得他们夫妻之间的感情相当冷淡。不过，即使小野崎先生陷入破产状态，我也不曾听说夫人主动开口要求离婚，所以说不定他们的感情还不算非常差。”

“那夫人和华英小姐的母女关系呢？”

“这两位的话，我觉得感情相当好。夫人和华英小姐不管是吃饭还是购物都会一起出门，感觉就像一般感情很好的母女，而且夫人总是热情地支持着华英小姐的工作。”

“工作……是指婚礼的花艺设计师吗？”

“是的。”

晴向点头的梶说，警察会怀疑不是自杀的原因之一，在于华英原本预定一早要出门工作，还请夫人来叫她起床。打算自杀的人请别人叫自己起床实在很奇怪。听到晴的话之后，梶用力地点头。

“这的确很奇怪。华英小姐虽然辞掉前公司的工作，开始当花艺设计师，但因为还是新人，工作并不算多，所以曾说过每一件工作对她来说都很重要，毕竟那与自己的资历有关。因此，即使发生小野崎先生的事，家中一片混乱，我想她依然会去工作。”

梶的说明让他杀的可能性攀升，同时也让人对“凶手是小野崎夫人”这个假设抱持疑问。而且，如果跟梶说的一样，夫人和华英是对感情很好的母女，即使华英知道是夫人杀害了小野崎先生，应该也会选择包庇母亲。对华英来说，她应该也对父亲负债而失去所有财产一事感到失望才对。

然而，这么一来就没有嫌疑犯了，也就是对小野崎重吾和华英两人都抱有杀意的人。在晴所知的范围内，和小野崎重吾之间有问题的人就只有梶，但是他和苍一郎都已经证明梶不可能是凶手……

苍一郎坐在陷入沉思的晴旁边，向梶询问他昨晚在做什么。梶似乎立刻就明白苍一郎的意图，连忙摇头说：

“我，我什么都没做！”

“那当然。不过，我觉得警察应该会去跟梶先生确认不在场证明，所以……”

“……不，不在场证明吗？我昨晚八点离开公司，跟同事稍微喝了几杯就回家；回到家之后……跟平时一样洗澡、睡觉。因为我希望今天午后能跟你们碰面，为了在那之前把工作做完，在早上九点便离开家门。”

“有人能证明吗？”

“妻子和儿子。虽然儿子待在房间里，我们没有见面，不过我感觉到他在家。不然，可以调出公寓的监视摄影机所拍的录像，肯定有留下记录。”

梶作为小野崎杀人事件的重要关系人曾被警察盘查，更因此留下恐怖回忆，于是拼命地回想并对两人说明。那拼尽全力的模样让人看着都觉得很可怜，晴不禁代替苍一郎就问了多余问题一事致歉。

同时，晴再次肯定梶果然不是犯人。即使会被人说这是外行人的判断，还是觉得梶不可能动手杀人。

梶表示自己吓出一身冷汗，接着叹了口气，将晴端给他的茶喝了一半。

“真令人伤脑筋……要是又被怀疑，我真的挺不住了。”

“我觉得应该不会变成那样，真抱歉让你担心了。”

“不，我也觉得警察会来问我的不在场证明，先做好心理准备也比较好。我想避免跟之前一样，在什么都不知道的情况下被带去警察局。”

“梶先生会被怀疑……是因为华英小姐提出的目击证词对吧？”

梶点头回应微微皱起眉头询问的苍一郎。小野崎先生遭到杀害时，华英正巧买完东西回到家。她在证词中表示自己看到疑似梶的人影。就因为这样，梶才被警察列为重要关系人并接受盘查。

“华英小姐是看错了吗？”

“警察是这样说没错……”

“但是，之前在小野崎家见面时，华英小姐不是狠狠瞪着梶先生吗？那个模样实在不像是觉得自己看错了……”

在为了检查箱子而拜访小野崎家时，苍一郎和晴曾目睹华英对梶的态度有多恶劣。她已经将梶认定为犯人，似乎只相信自己所看到的。

“……如果华英小姐真的看到了某个人，那么，那个人应该就是凶手吧？”

“是啊。”

苍一郎所说的和晴想的一样。晴一边回想着自己在小野崎家时华英所说的话，一边低声说道：

“的确……华英小姐只从背影就判断对方是梶先生吧？还提到绿色的围巾……”

“是的。我想应该就是这个。”

梶点点头，拿起和公事包一同放在旁边的围巾。目前还不到要穿大衣的时期，但是梶的喉咙不太好，所以从这个时候就开始围围巾了。

“……这是儿子第一次领到打工薪水时买给我的东西……我很喜欢，总是围着它。所以华英小姐看到绿色围巾，就立刻认为是我吧。”

“是犯人很偶然地也围着绿色围巾吗……”

苍一郎讶异地提出疑问。晴耸了耸肩。虽然很适合梶，不过晴觉得绿色围巾并不常见，穿着西装围围巾也很罕见。

虽然晴回答“实在很难想成是偶然呢”，但实际目击到犯人的华英去世了，已经没有任何知道真相的方法。晴和苍一郎一同板起脸陷入沉思，梶则委婉地询问他们小野崎夫人被送上救护车的事情。

“那个……请问……夫人被救护车送走的原因是？”

“啊……似乎是因为华英小姐去世让她深受打击，结果就昏倒了，因此警察才会叫救护车过来。”

“真的吗……真是太不幸了。”

梶露出悲伤的表情低下头。晴发现他手中的茶杯已经空了，因此站起身准备帮他再倒一杯茶。在华英的话题告一段落时，梶说着“这么说来……”，主动开口道歉：

“真的很抱歉。”

“为什么突然道歉？”

梶从客厅往厨房看去，突然开口道歉。这让晴一边点燃瓦斯炉一边回问。

“是关于清单一事……”

听到梶的回答，晴的动作就紧张得停了下来。

因为发现小野崎华英的遗体这突如其来的事态发展，让晴完全忘了清单一事，不过他在昨晚为了思考怎么跟梶说明从大东那边听来的事情烦恼了非常久，而且还没想到答案就睡着了，早上又被不好的消息吵醒。

“我才觉得不好意思呢。”

发现自己回答的声音有些僵硬，晴先咳了一声才继续说：

“……硬是拜托你做这种事真的很抱歉。这也没有办法，毕竟这个时代非常重视个人资料之类的。”

“我目前还在想办法说服上司，请再稍等一下。”

晴一边含糊地回应“好”，一边窥探在客厅的苍一郎。苍一郎也一脸认真地看着晴，两人的眼神一交会，晴就靠着眼神传达“去过大东那边的事情要保密”，苍一郎也仿佛理解晴想表达的事情，轻轻地点了头。

“虽然我也说过，除了白藤先生以外没有人可以帮忙，但上司是很顽固的人……”

晴适当地回应梶对上司的抱怨，随着热水壶发出的声音关上瓦斯炉。将热水倒进茶壶，然后往放在托盘上拿进厨房的茶杯注入新泡的茶时，晴突然想到一件事——

难道说，梶的上司不愿意拿出清单，是有其他理由吗？晴脑中浮现的，是从等等力分行的吹石那里听来的事情。对于吹石等人隶属的融资科来说，根本没有必要调查小野崎家的赝品，所以梶的行动让他们很困扰。

也就是说，其实梶的上司也觉得没有必要调查吗？由于晴怀疑梶是独断在做调查，因而拿着托盘回到客厅后，就直接向梶询问：

“那个……梶先生的上司不肯同意的理由……只是因为对我的身份有疑虑吗？”

“……这是什么意思？”

“不……我只是觉得，对东亚银行来说，是不是已经没有必要知道为什么是赝品了……毕竟小野崎先生也变成那样……”

梶对晴后来补充的这句话低声回应了“啊啊”后，露出困扰的表情否定晴的意见。

“的确，小野崎先生被杀害是很麻烦的事……但那和调查原因是两回事。毕竟对我们来说，如果又重蹈覆辙会非常糟糕，所以一定得找出原因不可。”

“……是吗……那么，没有人反对你的意见吗？”

“为什么会这么问呢？”

晴并不打算回答梶的反问，只是含糊其辞地带过。

梶看起来不像在说谎，而且他应该也没有说谎的必要。这么一来，吹石为什么要说出那种话呢？晴脑中浮现的原因，是梶和吹石的感情不好这种单纯的理由，于是他干脆询问梶和吹石的关系。

“梶先生和……等等力分行的吹石先生交情如何？”

“吹石……吗？虽然我和他没有私交，不过在小野崎家的案件上经常会见面。我也常常会去等等力分行，有时便麻烦他顺便载我，还会一起去吃午餐。”

在提到吹石时，梶的表情很普通，至少不会让人觉得两人关系恶劣。这么一来……晴的脑中接着浮现的，是分行的融资科和梶隶属的总行特殊担保管理科，两者在组织上是对立的。这对不曾在公司等组织工作过的晴来说，只能靠想象了，不过仍让他觉得企业真是越大越麻烦。

正当晴脑中浮现“搞不好台面下也有许多问题”的想法时，梶有些畏缩地开口：

“那个……虽然我不想在我方没有提供清单的情况下询问……但是在那之后，您知道些什么了吗？”

“……”

晴无言地回望用客气的语气询问的梶。其实大东告知的事已经让晴掌握大致上的状况，而且那恐怕就是事实，但是因为他跟大东约好了，无法说出口。

应该说“这只是传闻”，然后含糊其辞地蒙混过关吗？虽然在脑中不断思考，晴却无法得出结论，最后只能开口致歉：

“抱歉，能再给我一点时间吗？那个……我有些想通过清单确认的事情……而，而且现在还发生华英小姐的事情……”

“啊，啊啊，这么说也是。对不起，因为我被催促要快点提交报告……不过，现在连华英小姐都去世了，的确不是在意报告的时候呢……”

梶像是在说服自己般如此说道。对此，晴深感抱歉，但还是硬挤出笑容。晴表示，要是自己有什么情报就会联系梶，梶也承诺会尽快把清单拿给晴。把第二杯茶喝掉一半后，梶为自己突然的造访慎重地道歉，接着就回去了。

晴站在玄关前目送梶，直到梶的背影消失在木门的另一侧后，他忍不住叹了口气。站在他后方的苍一郎，则用“真拿你没办法”的语气开口询问：

“晴，你打算怎么办？”

“……”

因为晴也不知道该怎么办，便迁怒到苍一郎身上，眯起眼睛瞪向苍一郎。他一言不发地走回家后，在厨房准备早餐。

晴和苍一郎在睡梦中被叫起来前往位于等等力的小野崎家，回来之后梶又接着来访，所以两人从一大早就什么都没吃，真的已经饿到两眼昏花，跟在晴后面走进来的苍一郎也说他肚子饿了。

“我现在就准备，你去把筷子排好。”

苍一郎一边遵照晴的指示在客厅摆放餐具，一边指谪晴的思虑不周。

“什么‘再给我一点时间’啊，竟然说那种话来逃避。”

“啰唆，我现在正在思考要怎么说明。”

对于自己为何要说出仿佛是想晚一点再回答的话，晴深感后悔。他板起脸回瞪戳到自己痛处的苍一郎后，一边煮做味噌汤用的高汤，一边切起要当配料的小松菜。

“我们跟大东先生约好了要保密吧。那你打算怎么跟梶先生说？”

“所以说我正在思考啊。”

“……刚刚，晴说过东亚银行说不定觉得没有必要再调查之类的话吧？难道说……你是打算让梶先生放弃吗？”

“你在说什么，那是……”

“这样很不好哦，毕竟晴有身为孙子的责任啊。”

听到苍一郎用强势的语气这么说，晴一脸疑惑地转过头，看到苍一郎双手抱胸撇着嘴，抬头瞪着自己。

“责任？”

“因为是跟爷爷有关的赝品给东亚银行添了麻烦啊。”

晴皱起眉头回问后，苍一郎就说出很符合他风格的想法。

“做坏事是会有因果报应的。既然爷爷已经去世了，那就要由晴负责处理。”

“等一下，为什么我要为爷爷的……”

正当晴要反驳为何自己得为誉做出的恶行负起责任时，突然听到液体溢锅的声音，慌慌张张地往瓦斯炉看去，就看到高汤正溢出锅外。晴啐了一声后开始收拾，接着一边把切好的小松菜和油豆皮放进味噌汤里，一边反驳苍一郎说：

“而且,虽然爷爷曾修理过那个箱子,里面装的却是低劣的赝品。我不觉得爷爷会跟那种工作有关，总觉得其中肯定还有其他隐情。”

“就算是这样，但是把箱子修理好的人依然是爷爷，不能说完全无关啊。”

“……如果要这样说的话，那根本没完没了。”

晴不高兴地把味噌搅散后关上瓦斯炉。在接到指示前，苍一郎就把碗递了过去，用说教的语气说道：

“现在爷爷去世了，能做些什么的只有晴了。虽然我对爷爷和制作赝品有关感到震惊，不过爷爷已经去世，而能代替爷爷赎罪的就只有晴啊。”

“竟然说要赎罪……为什么会变成那么夸张的事？真要说起来，我根本什么都做不了啊……”

“我指的是要真诚地去面对这些事，别想着蒙混过关。”

“……”

事实上，晴的确有希望这件事不了了之的想法，所以无法反驳。

他板着脸将盛好的味噌汤和白饭端到客厅，两人吃起用纳豆和酱菜当配菜的迟来早餐。这段期间，苍一郎依然啰唆地要求晴尽到向梶说明的责任。虽然晴觉得这跟自己的认知不同，不过他也知道仰慕誉的苍一郎深受打击，因此不知道该如何反驳，只能静静地听着苍一郎说话。

即使被要求尽到说明的责任，但因为不能说出事实，让晴伤透了脑筋。吃完迟来的早餐后，苍一郎表示要出去一下就不见了。晴整理好厨房，低声碎念着“时间已经好晚了”，开始动手晾衣服。时间已经接近中午，现在是晚秋，太阳总是早早就下山了，衣服很可能晒不干。对于这个一切都不对劲的日子，晴感到忧郁，提起篮子走到阳台走廊上，接着走回更衣室。

他才刚吃过早餐，因此决定跳过午饭，不过想着要先准备晚餐，于是去看了看冰箱，确认过剩下的食材后往料理桌望去，就看到昨天向登喜子借来的锅洗好放在那里。他想着在开始工作前先拿去还，便端起锅走出家门。

穿过墓地并横越月影寺院内后，就是国崇的家——望月家的房子。晴自小父母双亡，跟爷爷生活，与同龄的国崇在成长过程中就像兄弟一样。因为这里也能算是晴的家，所以他没有按电铃就直接拉开玄关拉门。

“下午好。”

晴高声向里面呼喊后，立刻传来“来了”的应答，那是登喜子的声音。没多久，身穿围裙的登喜子一边擦着手一边走出来。

“哎呀，小晴。”

“谢谢款待。不好意思全吃完了。”

“没关系。不是说了冬天就是要吃关东煮吗？”

“……”

虽然登喜子的脸上堆满笑容，但是她那仿佛看透一切的话语实在让人心惊胆跳。登喜子绝对知道国崇回来了。晴努力忍耐背后有冷汗滑落的感觉，露出尴尬的笑容简短地回答：“很好吃哦。”

晴想早点逃离望月家，于是一边说“再见”一边后退，正准备跨过玄关门槛时，突然传来一道低沉的招呼声。晴紧张地转过身，就看到身穿工作服的高大男子站在身后。

“晴你来啦，有什么事吗？”

“伯，伯父……”

拿着扫帚走进来的，是身为月影寺住持的望月国胜，也就是国崇的父亲。身陷前门有虎、后门有狼——不对，是前有登喜子、后有国胜这种无路可退的情况，让晴的内心充满了绝望。

“久未问候……没事，因为阿姨之前分了东西给我，我是来还锅的……”

“这样啊。那就顺便吃了午饭再回去吧？”

“对啊对啊，我现在正在准备呢。”

“不，不用了，我今天很晚才起来，刚刚才吃过早餐所以还很饱。虽然机会难得，但是真的很抱歉……”

“是吗？你不是一大早就出门了吗？”

"……"

国胜的表情和登喜子一样平静，完全看不到任何恶意，但晴的内心充满愧疚所以难以承受。纵使觉得对方已经知道国崇回来并在白藤家住下来的事，所有一切都已被他们看透，但晴依然没有勇气主动告知，只能想办法蒙混过关了。

晴一言不发地露出笑容，接着像螃蟹般想横着走出玄关。但面对国胜招着手邀他进屋，晴只能开口回道："打扰了。"

"真抱歉，我家的笨蛋儿子总是打扰你。"

"就是啊。"

国胜一脸认真地道歉，登喜子也一脸忧郁地回应。晴很怀疑两人是真心这么觉得，毕竟相处了这么长时间，是真心话还是客套话总能分辨出来……在横祸真的飞来之前，晴保持沉默地微笑着，自望月家中遁逃。

他一脸凶恶地快速穿过月影寺内，走在墓地通道上。受不了，为什么自己非得卷入亲子间的争执不可？这都是国崇的错！真要说起来，都是那个明明经过家门却不愿进去的国崇不好。不，想得更深一点，国崇丢下双亲不管更是问题。

当晴愤怒地想着这些事，打开自家家门，看到放在敲土上的皮鞋时，瞬间感觉自己的血压飙升。

"国！"

晴一边怒吼这个名字一边脱下拖鞋往客厅走去，见到国崇已收下晒在庭院里的棉被，自己组装好暖桌，正窝在暖桌里敲着电脑键盘。他连头也不抬地说了声"欢迎回来"，这让晴更是怒不可遏。

“你在做什么！”

“……什么做什么？你才是呢，在生什么气？因为我擅自把棉被收进来吗？”

“不是！阿姨和伯父都已经知道你在这里了！”

“啊啊，不过是这点小事嘛。”

国崇打算无视此事，重新把视线移回电脑屏幕上。晴对他那种态度十分不悦，再次高声叫道：“国！”不过国崇只是疑惑地皱起眉头，说出让晴更加愤怒的话：

“比起那种事，我肚子饿了，帮我做点吃的。”

“……唔！我说你为什么又跑回来啊？给我滚回新潟去！”

国崇抬头看着怒气冲冲地说“再怎么厚脸皮，你这样也太过分了”的晴，叹了口气从暖桌中站起来，似乎打算自己动手。

国崇走到厨房打开冰箱冷藏室，一边察看里面有什么食材，一边说起陪着小野崎夫人——正确来说，他是被明智和胜见抓着一起前往医院后的事情。

“……本来以为跟夫人交谈，我们才暂时待在医院，不过她一直在沉睡。最后因为医生说小野崎夫人有必要暂时住院，我们只好放弃审问，改为前往设置了搜查总部的世田谷西署听取搜查情报。你想知道吗？”

“如果是苍一郎，应该会立刻回答‘想’吧。”

晴那浮现冷笑的脸上写着“怎样都好”。国崇无趣地眯起眼睛，这次改为打开冷冻库，一看到晴买来当紧急粮食的冷冻乌龙面，就伸手把五包装的袋子整个拿出来。晴担心他打算全部吃掉，连忙从国崇手中夺回乌龙面。

“全部吃掉也未免太多了吧？”

“是吗？那我要三包。”

“两包就够了。”

晴哼了一声，只留下两包冷冻乌龙面，把剩下的三包收回冷冻库。他把锅放在瓦斯炉上并点火，把水煮沸。结果还是为了国崇动手煮面，让晴对于自己实在太好人而感到丢脸，不过这样总比食材都被吃光要好。

乐得把事情丢给晴后，国崇走回客厅，坐回暖桌当中。他关上电脑，表示夫人和华英之间似乎没有发生争执。

“别说争执了，那两人感情还很好，给人的感觉甚至像是朋友一样。”

“似乎是呢，梶先生也这样说。”

“……你和梶见过面吗？”

“我们从小野崎家回来的途中偶然接到他的来电，跟他提到华英小姐去世的事情后，他说想当面问清楚，接着就来拜访了。”

“……”

注意到国崇的反应很沉重，晴从厨房探出头来询问：“怎么了？”国崇轻轻地摇头回答：“没事。”

晴正打算逼问嘴上否定却让人感觉有什么隐情的国崇时，听到放在瓦斯炉上的锅传来水煮沸的声音，连忙把火关小，并倒入高汤酱油调味，接着把冷冻乌龙面放进去，等面条煮软后撒上葱花，再把打散的蛋液倒进去。

临时准备的半熟蛋乌龙面完成了，不过家里没有装得下两包乌龙面的容器，于是晴将锅整个端过去，再附上盘子和汤勺，让国崇自己夹出来吃。说过自己肚子饿的国崇在快速说完“开动了”之后，立刻大口吃起来。

“梶先生怎么了吗？”

晴坐到国崇旁边，露出疑惑的表情向国崇问道。因为自己跟梶说过，警察可能会去跟他确认不在场证明，让晴更加在意。国崇露出不满的表情说出令人讶异的话：

“明智他们似乎打算再次审讯梶，不过，因为有过上次的教训，这次打算在找本人前先在周围确认一下。”

几个小时前，警方明明还在怀疑小野崎夫人，所以晴连忙询问警方是否不只查到夫人和华英的关系很好，还找到其他再次怀疑梶是犯人的明确理由。

“等一下，小野崎夫人这条线呢？你们不是说了动机是保险金之类的话吗？”

“我们从小野崎华英遗体的左手无名指指甲中采集到纤维。因为发现疑似是他杀的证据，便紧急提出申请，将预定的行政解剖改成司法解剖。恐怕是犯人杀害华英时，想将现场布置成自杀，不知道是华英反抗过犯人，还是说双方发生了争执，才会有纤维卡在遗体的指甲缝当中。目前科学搜证研究室正在做详细的鉴定，不过已经接到报告说，那很可能是男式西装的布料纤维。”

“男式……”

“华英是和夫人一同外出吃饭，回家后就去洗澡，所以纤维不可能是外出时附着上去的。也就是说，那是属于犯人的东西。再者，夫人不会穿男式西装。”

听到发现了足以改变搜查方针的证据后，晴皱起了眉头。的确，这项证据足以显示小野崎夫人不是犯人，但是依然很难让人想到梶是犯人。

“不过，梶先生有不在场证明。我想着你们有可能会去跟梶先生确认不在场证明，事先问过他了。”

“他怎么说？”

“他说他晚上八点过后离开公司，跟同事喝了几杯就回家，家中有老婆和儿子在，然后他直到早上九点多出门前都待在家里。而且……梶先生没有杀害华英小姐的动机吧？”

国崇一边吃乌龙面一边听面露困惑的晴说明。要是将面条夹到盘子上，一次只能吃掉盘里的部分，国崇似乎觉得麻烦，就把锅拉到自己面前，直接从锅里夹起面条吃，接着说起搜查总部列举的梶的杀人动机。

“华英在小野崎重吾被杀害时，曾提供她看到梶的证词，大家觉得会不会是因为这样导致两人发生了争执。而小野崎重吾被杀害时，梶虽然有不在场证明……就是你们帮忙证实的那个，不过那可能是梶设下的机关，事实上是梶下手的也说不定。”

“机关？难道他能从空中飞过去吗？”

从谷中到等等力，乘坐大众交通工具大约要一小时；即使坐出租车，再怎么赶也要半小时。晴摇头说“这根本不可能吧”，国崇则是耸耸肩，将锅里最后一口乌龙面吃掉。接着他抱起没有面的锅，一口气吃光蛋和葱，然后朝晴递出只剩下面汤的锅。

“再来一碗。”

“你还要吃？”

“不是还有吗？”

面对双眼放光地说“明明有五包面”的国崇，晴啐了一声后，强硬地表示只能再给他煮一包，但国崇要求煮两包，还补充说蛋不用打散，整颗打进锅里就好。

虽然对国崇那宛如无底洞的食欲感到烦躁，不过如果在他吃完后又要求“再来一碗”只会更麻烦，所以晴不情愿地从冷冻库中拿出两包乌龙面，丢进放在瓦斯炉上的锅里。晴看到水煮沸后直接把蛋打进去，然后盖上盖子等了一段时间，同时在脑中整理从国崇那边听来的信息。

晴确信梶不是犯人，这么一来，凶手究竟是谁呢？男式西装，华英的目击证词，小野崎重吾和华英或许是被同一名凶手杀害——有动机杀害这两人的人……

虽然时间不长，但晴毕竟在沉思，所以当锅里的水沸腾时他没有注意到，直到听见汤从眼前的锅中“噗哧”溢出来的声音，他才慌忙把火关上。因为自己的失误再度弄脏瓦斯炉，晴一边叹息着今天实在太倒霉，一边把锅放到暖桌上。

“我说啊。”

“怎样？”

“我觉得凶手不是梶先生。”

“那你有其他线索吗？”

“……”

并不是有什么线索，这只是单纯的消除法。不过，晴觉得只要能知道动机，说不定就能解决这件事。他向吃起第二锅乌龙面的国崇提出某种假设。

在国崇以看不出来已经吃过两包面的速度将第二锅面清空时，晴也差不多说完了他的假设。合计吃完四包乌龙面的国崇终于没有要求再来一碗，放下筷子表示“我知道了”。

“但是，需要能证实这个假设的证据。这个你有想法吗？”

“……我需要小野崎家仓库的物品清单，以及收藏中什么是真品、什么是赝品的清单。东亚银行那边有，我已委托梶先生准备，不过那与个人情报有关，梶先生的上司不肯提供。”

“这就交给我处理吧。那么，拿到清单后你打算怎么做？”

虽然晴的确有想法，不过他知道国崇会反对，所以不想回答。他含糊其辞地说“会稍微调查一下”，国崇则眯起眼睛看向他。晴低下头想躲避国崇的视线，但他就在身边，怎么样都无法无视。

笼罩于无言的压力之下，晴坐立难安，于是向上瞥了一眼，发现国崇正用锐利的眼神瞪视着自己。与晴眼神交会后，国崇面无表情，只动了动嘴唇问：

“你该不会打算拜托井蛙堂吧？”

“并不是……要拜托他。”

“那也一样，我反对你跟他见面。晴，你知道吧？那个男人可是欺骗你、将你的未来夺走的人啊！”

虽然晴知道国崇会这样劝告，是因为他真的在担心自己，不过听到自己苦涩的过去让他很痛苦，不禁用力皱起眉头。冷冷地回了一句“我知道”后，晴将筷子丢进空锅。见晴仿佛遁逃般端着锅走到厨房，国崇继续说道：

“如果没有那个男人，你现在就会走在完全不同的道路上。”

“……那个人肯定知道事件的真相，而且视情况还可能知道犯案动机。”

晴压低声音小声说完，转开水龙头让水大量流出。看着水慢慢填满空锅，晴在脑中想象国崇所说的“不同道路”。的确，如果没有发生那件事，就会如同大东所说的那样，说不定自己如今会过着新锐雕刻家的生活，每天面对作品度日。至少，不会靠着制作放在杂货铺出售的木雕赚钱为生。

然而，选择从那里逃走的是自己。正是因为自己没有那份坚韧，无法说出真相，无法解释一切都是“误会”，不能无视一切继续前进。

“……”

晴突然感觉到身旁有人，一抬起头就看到国崇站在旁边。他面无表情地代替晴关上水龙头，因为水已经在不知不觉中蓄满，还从锅中溢出来。

“……即使你不那样做，只要交给明智他们负责，之后还是能抓到犯人。”

听到国崇以劝诫的语气这么说，晴露出苦笑轻轻吁了口气。国崇说得没错，就算自己不出面，警察总有一天会找到真凶吧；梶也是，只要自己想办法避开他，那他总有一天会放弃。

但是，一旦这么做了，自己的内心只会留下疙瘩。晴已经深刻地体会过，即使背对着它，痛苦的过去依然会突然找上门来。那么，自己只能尽全力去面对它。晴一边想着说自己有责任说明的苍一郎，一边对国崇开口：

“……苍一郎跟我说，我要对爷爷做的坏事负起责任。因为爷爷已经去世，如今只有我能帮忙做些什么。”

“责任……为什么你要……”

“他说做坏事会有报应的。”

晴开玩笑地补了句“你也小心一点吧”，便在菜瓜布上倒了洗洁精洗起锅。国崇虽然皱起眉头，却没有再多说什么。晴十分顽固，把话说出口就不听人劝，而从小就认识他的国崇最清楚这点。好长一段时间里，国崇一言不发地看着晴，之后只说了“不要太勉强自己”就走回客厅。

刷着锅的力道逐渐增强，晴像在斥责因为未知的不安而胆怯的自己，就算锅变干净了依然继续刷着。

在晴刷锅时，国崇的智能手机响了，他一边说电话，一边走出白藤家的大门。晴想着“结果这家伙根本只是因为肚子饿了才过来的吧，真是够了”，然后走进工作室开始工作。要思考的事情太多，晴专心工作到忘了时间，直到日落时听见外面传来停放自行车的声音。

他觉得应该是苍一郎回来了，看了时钟一眼发现已经过了下午五点。他想到自己忘记收拾晾在外头的衣服，连忙走出工作室，结果差点撞上用力拉开拉门的苍一郎。

“吓，吓我一跳……”

“晴，晴！这是国要我拿给你的！”

苍一郎大口喘着气，递过来一叠传真纸。晴很不可思议地接过后，发现那是小野崎家收藏品的清单。他确实跟回来的国崇说过，想从东亚银行那边取得清单。晴夸奖着“不愧是国崇，动作真快”，苍一郎则向他抱怨这件事给自己造成困扰了。

“国突然打电话来，要我去警视厅拿这个哦！我骑着自行车赶去霞关，超累的！”

随口安慰了苍一郎几句后，晴当场翻起清单。画作与这件事无关，问题在于古董品项。他迅速查阅被追分教授鉴定为真货的物品后，再确认大东判断为赝品的品项。

“这是梶先生说的，因为上司不允许，所以没办法提供给你的清单吧？”

“……没错，我拜托国崇帮我弄到手。”

“怎么一回事？”

因为国崇是在苍一郎出门之后过来的，晴便向不可思议地询问的苍一郎说明从国崇那边听来的搜查状况。听闻在华英的遗体上发现疑似他杀的证据，而且警察因此重新怀疑梶后，苍一郎露出讶异的表情愤怒地说：

“不对吧？因为是男式服装的纤维就怀疑起梶先生，这未免太武断了。”

“我也这么认为。”

“但是……这样一来……”

苍一郎一边用讶异的语气碎碎念着，一边思考起来。晴则开口向他借用手机。苍一郎从口袋中掏出手机递过去，晴正准备拨电话才发现自己不知道号码。

“帮我搜一下号码然后打过去。”

晴对苍一郎如此说道。苍一郎回问：“要打给谁？”

“春霞古美术店。”

“春霞古美术店……要找大东先生？”

苍一郎一边问晴为什么要打电话给大东，一边使用智能手机搜起春霞古美术店的电话号码。他从网站首页找到联系号码并拨打之后，就把智能手机丢给晴。晴没有回答苍一郎的问题，而是向接起电话的女店员询问大东在不在。

很不巧，大东目前不在店内，不过听说他很快会回来，晴就拜托女店员请他回电。挂断电话将智能手机暂时还给苍一郎后，晴再度看起这份清单。

在一旁的苍一郎虽然散发出一股想跟晴抱怨的气息，但是被晴认真的模样震慑住，什么都说不出口。

这时，手机铃声响了起来，晴一接起电话，就听到大东道歉的声音。

“抱歉，听说你打电话找我？”

“我才该道歉呢，明知道您很忙还打扰您。关于小野崎家的事情，我有件事情想问大东先生。在大东先生判断为赝品的品项中，是否还有像那个仁清茶碗一样，一看就知道是赝品的东西？”

被判定是赝品的东西，目前都留在小野崎家的仓库中，其实只要把小野崎家的仓库整个翻过来确认一遍就能知道答案，不过这样实在太耗费时间。晴认为如果是大东的话应该都记得，事实也果真如此，他立刻听到大东回答：

“有的。之前……在提到仁清的事情时，我曾犹豫要不要说，后来觉得这没什么大不了就没有提。的确正如你所说，在精巧的赝品当中混了几个骗小孩等级的东西。”

晴忍耐着别开脸说了一句“果然”。确信自己的判断正确后，晴握住清单的力道加重了。

“您记得除了仁清之外……还有些什么东西吗？”

“我记得……有唐三彩的摆饰，以及祥瑞、志野的茶碗……差不多就这样吧。以体积较小的物品为主，有五样左右。”

大东一边回想一边列举。他所说的物品名称，也是晴预料中的内容。

“非常感谢您。”

得到满意的结果后，晴开口道谢。大东反问他：“所以是怎么一回事？”因为这与小野崎家发生的杀人事件有关，目前又还仅是推测而已，所以晴只向大东表示之后会好好向他说明。

大东接受了晴的说法，并跟晴说之后如果还有什么事，随时都能打电话给他。晴也再次道谢后挂断电话。他低声说了句“很好”，将智能手机还给苍一郎，听到苍一郎不悦地反问：

“是什么事‘很好’啊？”

“……有两种赝品。而且，这是有理由的。”

为了证实这个理由，晴必须做好觉悟去拜访某人。一听说晴要出门，苍一郎惊讶地问道：

“已经要天黑了啊……”

平时晴除非必要绝不外出，白天最多就是去附近购买食材和日用品，之后便会一直待在家工作，天黑之后更是几乎不会外出。苍一郎惊讶地询问晴要去哪里，晴回答：“我要去确认一件事情。”

“确认事情……那你到底要去哪里？”

晴没有回答苍一郎的问题，而是将清单放在附近的柜子上，动手收起工作道具，接着关上工作室的灯走到客厅，从五斗柜中拿出钱包塞进裤子后方的口袋里。

苍一郎从后面跟了上来，露出说不出话的表情看着晴。苍一郎也感觉到晴正散发出一股紧张的气息，让他不知道该从哪里、又该怎么开口询问。他什么都做不了，只能跟在走向玄关的晴身后。

晴没穿袜子，直接在敲土上套上拖鞋。他皱着眉头转身面向苍一郎，用低沉的声音对打算跟着一起去的苍一郎说：

“……不准跟上来。”

“至少告诉我你要去哪里。”

“……是你要我为爷爷做的事情负起责任的吧？”

“……”

对于晴所说的话，苍一郎完全无法回应。看到苍一郎的表情变严肃，晴虽然觉得自己可能把话说得太重了，不过他也非常紧张，根本无暇顾虑别人。在这时，让苍一郎陷入难以行动的状态会对晴比较有利。

晴留下一句“我很快就回来”，便背对着苍一郎走出大门。穿过月影寺走在小路上，即使来到三崎坂，苍一郎深受打击的表情依然深深烙印在晴的心中。

即使如此，晴还是无法否定苍一郎会在重整心情后跟上来的可能性，所以他相当慎重。春霞古美术店的话还能当成“那就没办法”，但这次可不是闹着玩的，毕竟这次的对象是连国崇都明确反对晴去见的。

晴注意着自己有没有被跟踪，从千驮木乘坐地铁，接着在大手町换乘后在日本桥下车。这个街区作为曾经的金融街，有过无比繁华的历史，至今仍有许多办公大楼，不过今天是星期六，路上几乎看不到上班族的身影。

一路与提着老牌百货公司纸袋的行人擦肩而过，晴走到地面上，往江户桥的方向前进。他走过上方有着高速公路的江户桥，进入在林立的办公大楼中显得相当古老的建筑。

推开手动式的大门走进建筑物内部后，可以看到宽敞的大厅。在大楼刚建好没多久时这里应该摆设了柜台，也安排了前台人员，但这些如今都已是过去式。建筑物内的照明昏暗，也没有人影，晴踩着亚麻油地板发出脚步声，朝位于大厅后方的电梯走去。

两台并排的电梯中，有一台贴着写了“故障”的标示。其实不一定是真的故障，很有可能只是因为要削减经费就暂停使用。

按下老旧的按键，停在一楼的电梯门就缓缓打开，晴坐上那台电梯，按下最高楼层——十楼后，抬头看着镶在电梯上方的仪表板。

春霞古美术店也好，这里也好，晴明明只来过一两次，记忆却意外地深刻。特别是他过去来这里时，内心都是充满不安与愤怒，所以晴其实很怀疑自己是否记得地点，但是现在脚却很自然地移动，说不定他那时候可能意外地冷静吧。

如果说他没有那种最后会是如此的预感……那绝对是骗人的。

在晴叹气的同时传来“叮”的声响，电梯在一阵轻微摇晃后停止。电梯门打开，晴下定决心后走出电梯，在往右边延伸的走廊上笔直前进。有几扇似乎数年不曾打开过的门并排着，位于走廊深处的最后一扇门跟其他不同，感觉至今仍在使用，但是门上面没有任何门牌。

晴站在那扇门前，敲了三次后没等回应就转动门把。没人的话就打不开，有人的话门就没锁——虽然晴的决心一时受到希望对方不在的想法的干扰，但是他仍轻轻转动门把，门在发出声响的同时被打开。

“……”

晴一言不发地走进去，随手将身后的门关上。上一次来这里已经是将近十年前的事，但是这里看起来完全没变，就连代替隔板的观叶植物盆栽都没变。晴走在跟走廊不同的木质地板上，绕过高耸的观叶植物往房内看去，里面也跟以前一样。

房间中央放着柯比意⑧沙发，一旁摆放了几个中国古典式的柜子。在这个有着诸多奢华风格的家具和日用品的房间里，最引人注目的是大量古董。

---

⑧注：Le Corbusier，法国建筑师、室内设计师，是二十世纪最重要的建筑师之一，还是功能主义建筑的泰斗，被称为“功能主义之父”。

见到这个满是宝物的房间，若是古董爱好者，不管是谁都会看得双眼发光吧。整体的家具配置也没变，左后方摆了一张橡木制的大桌子，桌子后方有一张背对着晴的皮椅。虽然身影被椅背遮住所以看不到，但晴认为自己要找的人就在那里，于是开口说：

“……好久不见。”

“……”

晴一开口，椅子就缓缓转过来，坐在那里的是打扮高雅、白发苍苍的老人。他的胡子也已发白，年龄超过七十。那身深咖啡色的三件式西装加上宽领带的装扮，与一般老人相去甚远。老人一看到晴，就露出满脸笑容。

“嗨，一切安好吧？”

“很抱歉突然来访，我有事情想请问一下……”

“小野崎家嘛。”

在晴说出来意之前，老人就笑着说出小野崎家这个名字。由于预料到对方已经看透一切，所以晴也毫不惊讶地回望着老人，并回答“是的”。老人一边让晴坐到沙发上，一边站起身来。

“你要喝些什么吗？”

“不用了，谢谢。”

“那我就自己喝吧。”

老人留下一句“稍等一下”后，走进隔壁的房间。晴依言坐在沙发上等待，在视线无意间看到的地方，出现了让他心跳加速的物品，他的表情也因此变僵硬。在对面沙发后方，从晴这边看过去是右斜侧的展示柜中层，有个应该是仁清制作的色绘茶碗被随意放着。

因为距离柜子有一段距离，晴无法分辨那是真品还是赝品，但茶碗做工相当精巧。他觉得那跟在小野崎家仓库看到的东西格调完全不同，内心因而浮现一个模糊的疑问，然而在疑问完全成形前，老人的声音突然传来。

“有看到让你感兴趣的东西吗？”

晴紧张地转过头，看到手拿着茶杯与托盘的老人站在背后。晴轻轻呼了口气，摇摇头说了声“没有”。老人什么都没说，就坐在晴对面的沙发上，端起杯子喝了一口茶后，又把杯子放到桌上。

“竟然会因为这种事情见到晴，缘分还真是奇妙的东西呢。”

“是啊。”

“我原本以为再也不会跟你见面……”

“我其实也没打算再跟你见面。”

晴仿佛要盖过老人的话语般说出这句话，同时也下定决心，将视线往上移动。他直直凝视着坐在眼前的老人，回想起彼此曾以同样形式对峙的过去。从那之后已经过了将近十年，他相信自己也有所成长，于是直接讲出要求：

“有件事希望你能告诉我。”

“要我开口得花大价钱，所以春霞的儿子也没有过来。”

“但是……你欠了我一大笔债。”

“……”

面对直视着自己如此表示的晴，老人微微眯起眼睛。他无言地看着晴的眼睛一会儿后，放松表情回答：“也是呢。”然后伸手拿起放在桌上的托盘，询问晴：“你想知道什么？”

“还记得你卖给小野崎家的仁清茶碗吗？你找我爷爷修理过装它的箱子。”

“这个嘛，我不记得了。”

老人会装傻也在晴的预料之中。虽然他对这个明明是自己提起小野崎家的名字，却笑着歪头表示疑惑的老人感到不快，但没有将厌恶感表露在脸上，而是说起自己的想法：

“你和柳絮庵、空蝉堂联合起来，向小野崎家的前任当家出售了赝品对吧？而在知道那些东西要被抵押给银行时，首先想到的是利用追分教授。”

对于用笃定的语气如此表示的晴，老人什么都没有说，他那优雅地喝着红茶的模样，完全看不出被人指谪做了坏事的不安。与走在正道上的大东位处两极，主动走在邪道上的人物——井蛙堂的老板天羽忠时，是完全掌握业界黑暗的老狐狸。他不会承认自己做的坏事，也不会把坏事当成是坏事。

有错的是被骗的人，这就是天羽的信念。晴回想起这件事，继续说道：

“你虽然靠着只剩下权威的追分教授将所有东西都鉴定为真品，成功通过银行的审查，然而，你其实很清楚小野崎家总有一天会破产，那些东西是赝品一事也会跟着曝光，对吧？”

“……”

“……接下来就是我的想象了。在事情发展成必须出售小野崎家的收藏品之后，你打算让你培育的商家进场，好动手脚对吧？将赝品和真货混着一同交易，用市场价格下跌之类的理由，以刚刚好的金额把它们都买回来。然而，你最大的失算，在于东亚银行的高层决定委托他认识的春霞古美术店负责出售，而大东先生不是那种会迎合你的人。”

因为委托大东出售收藏品，让小野崎家的物品中含有大量赝品一事曝光。然而，不幸中的大幸在于，大东即使知道隐情也没有说出口。

然而，这很可能也是天羽计算后的结果。如果是天羽的话，绝对可以预料到当大东得知小野崎家的前任当家是跟哪间店购买古董，而且在知道这件事跟井蛙堂有关后，为了避免发生多余的争执，大东便会决定保持缄默。

如果要想得更深一层……天羽或许也预测到大东在看到仁清的箱子后，会把事情丢给誉……那么就结果来说，他其实也已经知道晴会来拜访吧……回想起被天羽玩弄于股掌之间的痛苦回忆，晴微微皱起眉头。

“……但是，你也已经预测到大东先生不会把你的所作所为公开，而我也会登门拜访……其实都在你的计算之内吧？”

“谁知道呢？”

看到一直保持沉默的天羽笑着低下头，晴皱起眉头在内心叹了口气。十年的岁月不仅是对自己，对天羽来说肯定也很漫长。明明增长了十岁却感觉完全没有改变，这让晴感到害怕，不禁双手抱胸，将身体靠在椅背上。

天羽没有否定也没有肯定，但是晴确信自己的想法是正确的。正因为如此，天羽才会保持沉默。

正当晴如此思考着，打算提出下一个问题时，天羽先开口了：

“那么，你想知道的事情究竟是什么？”

“……在被大东先生判断为赝品的品项中，混了几件非常明显……或者说根本就是在骗小孩子的假货，包含唐三彩、祥瑞、志野……以及放在我爷爷修好的箱子里的仁清茶碗。即使不是大东先生，就连我都能一眼看出那是赝品。”

“别这么说，晴的眼光非常好，比春霞的儿子要好多了。毕竟教你古董相关知识的人可是我啊。”

相对于一脸得意地这么说的天羽，晴则露出痛苦的表情直视着前方。虽然不想承认，但自己拥有各种古董相关知识都是拜天羽所赐。当时经常去拜访誉的天羽，发现晴有鉴定方面的才能后，就教他各种相关知识，例如鉴赏物品的方法、如何判断价格，以及做买卖的方式。虽然注意到天羽的黑暗面，但是晴依然被古董的魅力深深吸引，贪婪地吸收对方给予的知识。

然而，如果只是跟着天羽学习，两人可能还不会演变成现在这种断绝往来的状态。或许晴很可能跟誉一样，与天羽保持巧妙的距离持续合作。

晴看着天羽喝光杯中的红茶，然后缓缓闭上了眼睛。他警告自己，不管再怎么后悔，现在也不是回忆那段过去的时候。

“为什么……要在做工那么精巧的箱子中，装进那种赝品呢？我实在无法理解这点。”

天羽和其他店合作向小野崎家的前任当家出售赝品一事，虽然已经八九不离十，然而晴无法理解赝品中为什么会混了那种粗劣的东西。天羽不会经手那种一看就会被识破的赝品，欺骗外行人赚取些许金钱这种事违反天羽的美学，他只会经手那种足以欺瞒懂鉴定的人以及充满个性的品项。

特别是仁清，还让誉动手修好了箱子。醉心于与天羽合作制作赝品的誉，同时是一名手艺高超的工匠，绝不会帮忙做那种肤浅的工作。誉倾注心血制作的，是连众人称赞眼光犀利的名店老板都会被骗的赝品。

就誉这样的个性而言，那个与他有关的仁清茶碗实在太粗糙。这跟其他被大东指出明显是赝品的品项有着共通点，都是名声远播、市场主流的古董……也就是有大量粗糙的赝品在市面上流通的品项。

“把仁清的箱子交给爷爷修理的人肯定是你吧？”

“可能……是这样没错。”

“当时……那个仁清还是真品吗？”

天羽没有回答晴接下来的这个问题。他只是保持微笑，露出觉得很有意思的表情看着晴。晴则继续说道：

“现在那个仁清怎么想都不会是你准备的。在小野崎家的赝品中同时混有精致和粗劣两种，我总觉得在这个部分肯定另有隐情。我不清楚你是否知道前几天小野崎家的现任当家被人杀害了，另外，他女儿也在今早自杀身亡，而且警察目前怀疑女儿的死其实是伪装成自杀的他杀。我认为，这些事件都跟那些粗劣的赝品有关。”

“……”

虽然小野崎重吾遭到杀害的事件上了新闻，不过华英的情况还没有对外公布。天羽嘴角上的笑容消失，还发出意义深远的低吟声。

“不过，为什么晴要做这种侦探般的事情呢？”

“……情势所逼。”

“是吗？好吧，算了。我想你也很清楚，我最讨厌警察了。就算我真的知道些什么，也不打算告诉警察……不过既然是晴想知道，那我就告诉你一些传闻吧。”

晴点头答应说着“不会出现我的名字哦”的天羽。毕竟如果有人知道自己与天羽的关系，对晴而言也会很麻烦。天羽先是观察了晴的反应，接着开口说起“传闻”——

“小野崎家在前任当家去世后就不断没落，除了东亚银行外，还在其他地方借了不少钱。先前仿佛踏上轨道的事业也只得到些微的成果，小野崎家逐渐无法如期还款。这时，被讨债的小野崎能想到的解决办法，就是偷偷将仓库中的物品卖掉换取现金。”

“……”

事实正如自己所做的假设，让晴面露难色地皱起眉头。晴一边想着“果然赝品的等级会参差不齐是有原因的”，一边认真听下去。

“虽然知道不能对作为银行抵押品的那些东西下手，但眼前非常需要现金，所以他偷偷把东西拿出来，暗中提出委托，想用那些东西换取现金。当时小野崎所提出的委托就是‘帮他准备赝品’。毕竟要是物品消失了，他就没办法跟银行解释。他可能是想着等哪天事业成功时再买回来吧，然而，公司的业绩不断下滑，使得小野崎的恶行无法收手。”

“……小野崎先生是独自做了这种事情吗？”

“你是问他有没有共犯吗？这我就没听说了，要我帮你调查一下吗？”

天羽露出笑容这么问。晴一脸严肃地回答“麻烦你了”。天羽说完“稍等一下”，就站起身走到后方的房间。当他的身影自眼前消失，晴不禁重重地吐出一口气，将紧握的拳头放开。发现自己非常紧张，晴感到十分厌恶。

从天羽这里得知的事情完全与晴料想的情况一样。这么一来就能解开疑问，许多事情也说得通了。协助小野崎暗中出售古董的人就是犯人。而且，那个人……

“……”

晴得到想要的情报，开始思考下一步，突然被一股类似不安的打击袭击——天羽太配合他了。虽然知道来找天羽是最简单的方法，但是晴先前没有那么做是有理由的。不只是晴与天羽处于对立的立场，还因为晴很清楚天羽到底是什么样的男人。

正如天羽所说，要他开口的代价十分高昂，他绝对不会在无利可图的情况下行动。虽然天羽目前看来像是同意他对晴有所亏欠的说法，但那是天羽的真心话吗？晴陷入沉思，但突然被天羽的脚步声吓了一跳。

“我找到了。”

晴转向那道声音传来的方向，就看到笑容满面的天羽。

“似乎每次都有人陪小野崎过来，但是那个人只负责开车，好像从来没有下过车。我请别人传监视摄影机拍下的影像过来了……你要看吗？”

“麻烦了。”

天羽从外套口袋中掏出智能手机，非常熟练地操作着，然后从晴坐着的沙发旁边递了过来。出现在小屏幕上的影像并不清晰，但依然能一眼看出对方是谁。晴微微皱起眉头。虽然想过已经没有其他可能性，答案只可能是如此，但是在确定时还是感到一阵冲击，晴下意识地陷入沉默。天羽感兴趣地看着这样的晴问道：

“……是你认识的人吗？”

“是的。”

“嗯，那我就不要再多问了。我可不想跟杀人事件这种危险的事情扯上关系。”

天羽用鼻子轻轻哼了一声，回应严肃地点着头的晴之后，把智能手机放回口袋中。晴对走回对面坐下的天羽很有礼貌地低头道谢：

“给你添麻烦了，非常感谢。”

“不会。毕竟我欠了晴很多，这点小事是应该的。”

“……”

虽然晴很在意天羽的语气，但觉得天羽并不打算当场要求些什么。他为自己突然来访一事道歉，说声“我先离开了”，起身致意后就准备离开。

晴往门口走去没多久，就听到天羽的脚步声跟上来，不禁感到担忧。必须在对方提出麻烦的要求前先离开这里——晴注意到自己的脚步差点随着这个想法加快，便努力压抑着担忧向作为出入口的门走去。

转动门把来到走廊后，晴朝背后转过身去，天羽在这时将手中的纸袋递给正打算再次开口道谢的晴。

“这个拿去。我一直想着总有一天要还给你。”

“……”

晴看不到纸袋里面装着什么，疑惑地接了过来。朝纸袋内望去，可看到里面装着用薄薄的白纸包起来的东西。东西的大小和重量，让晴有了某种猜测，不禁微微皱起眉头。

晴想着“难道是……”并看向天羽。天羽露出稳重的笑容说：

“还有什么需要的话，你随时可以过来。”

天羽完全没有提到纸袋里的东西，说完就把门关上。晴就这么站在原地好一会儿，然而他并不想再次来访，最后只得一脸苦涩地离开天羽的老巢。他陷入左手的纸袋正不断变沉重的错觉中，穿过空无一人的昏暗走廊朝电梯走去。

晴很想立刻确认天羽递给他的纸袋里究竟装了什么，但一想到如果是预料中的东西，不知自己是否有勇气直视后，就无法动手拆开包装。因为不安，他甚至想把这东西丢掉，但终究没有付诸行动。

比起这种事……晴试着将注意力切换到别的事情上，好舒缓对于纸袋里的东西的紧张感。虽然想立刻把从天羽那边得来的情报告诉国崇，但是晴没有手机，就算想用公用电话打给他也不知道号码。反正苍一郎应该还在家里吧？晴一边想着“如果苍一郎出门了，只能等他回来再说”，一边换乘地铁回到谷中。

从千驮木的地下车站走回地上后，一阵寒风吹过脸颊。天黑后气温也一口气下降，变得相当寒冷。毕竟只穿着一件衬衫，还是会感到冷，因此晴驼着背爬上三崎坂。

他小跑着穿过通往月影寺的私人小道，跑过寺内奔向自己家。穿过墓地，就看到苍一郎的自行车停在木门的另一侧。得知他还在家，晴放下心来。原先晴因为立刻能联系上国崇感到高兴，但在打开玄关的拉门后，顿时倒吸一口气。

“唔……你在做什么？”

一片昏暗中，苍一郎低着头坐在玄关阶梯上。他缓缓抬起头，用怨恨的眼神看向晴，晴下意识地皱起眉头。他是因为晴说了不准跟过去所以生气了吧？但是，这对晴来说也是没有办法的事。

面对陷入复杂思绪中的晴，苍一郎用低沉的声音小声说道：

“……欢迎回来。”

“……我回来了。”

如果正在气头上，苍一郎是不会开口说“欢迎回来”的。仔细观察他的样子后，晴发现与其说苍一郎在生气，不如说他非常失落。晴对他失落的原因也有头绪，不禁在内心叹了口气。

在苍一郎询问他要去哪里时，晴用了讨人厌的方式回答——“是你要我负起责任”。他这句话完全是迁怒于苍一郎。晴明明知道，苍一郎其实是在担心看起来非常紧张自己。

晴抬头对着天花板重重呼了口气，用冷淡的语气对苍一郎说：“你这样会感冒哦。”虽然觉得自己有错，不过两人的关系太过亲密，晴实在很难坦率地开口。他脱下拖鞋，从苍一郎旁边踏上铺着木板的走廊，将拿回来的纸袋放进工作室后走进客厅后，发现室内一片漆黑。看来从自己出去之后，苍一郎一直坐在玄关阶梯上。

晴不悦地把灯打开后，走到厨房。隔了一段时间后，苍一郎也无精打采地从玄关走到客厅。晴先跟苍一郎说“快用暖桌暖和一下身体”，接着拜托他打电话给国崇。

“……要打给国？”

晴吩咐苍一郎——只要国崇一接就把电话拿给自己后，弯下腰打开米桶。因为是在傍晚时出门，晴完全没有准备晚餐。正当他用不锈钢盆洗着米时，苍一郎拿着智能手机走了过来。

“晴，国接了。”

晴擦干手接过智能手机，一开口就说“我知道犯人是谁了”。国崇大概已经预料到这点，所以只短短回应“是吗”，反倒是屏息在后面偷听的苍一郎，大声喊道：“真的假的！”

“……你小声点。”

毕竟晴没跟苍一郎说明自己到底是去哪里，所以苍一郎对这种突如其来的事态发展感到讶异也是正常的。晴想先跟国崇说完再对苍一郎说明，就叫苍一郎安静一点后，才继续跟国崇对话。

“我用自己的方法确认过了，不过那是无法公开的情报。根据你的说法，目前警察的搜查行动还没有找到任何证据，所以我认为可以直接去向本人确认并观察他的反应。你觉得这个办法如何？”

“哼……直接用事实刺激对方，让犯人自白吗？我知道了，我会选好地点，就由你来开口吧。”

被国崇指名的晴先用讶异的声音回应：“什么？”接着用充满困惑和愤怒的语气追问：“为什么是我？”

国崇则满不在乎地对他说：

“因为似乎会说到很专业的事情，你很适合。”

“国，给我等一下，我可不是警察……”

“我会再联系你的。”

原本晴打算表明自己不想跟这件事扯上更深的关系后，再明确地拒绝，但是国崇的动作更快，只是单方面地说完就把电话挂断。“国！”就算晴大喊，智能手机的另一头也没有回应，取而代之的是苍一郎用认真的声音喊着“晴”。

“这是怎么一回事？你竟然知道犯人是谁了？”

“……”

虽然很想回拨电话给国崇说出自己的要求，不过晴也很清楚对方只会敷衍自己。他叹了口气将智能手机还给苍一郎后，接着重新洗起来。他一边洗，一边回答在身后等待他回应的苍一郎。

“你不是也已经知道了吗？”

“那……难道说……”

晴曾对从国崇那边拿回清单的苍一郎说过搜查总部再度开始怀疑棍的事情。苍一郎表示“不对吧”，否定了这个调查方向，在听到从华英的遗体发现的证物后，他似乎和晴想到了同一个人。

晴原本想说，如果能在井蛙堂确认那个推测的话，那也算是一石二鸟。然而，虽然得到跟自己的预想相同的结果，晴却高兴不起来。毕竟那是杀人事件的犯人。

“动机呢？”

“我就是去调查这件事。”

“怎么调查？”

晴没有回答苍一郎，而是说明起自己思考的脉络。苍 ·郎紧跟在晴的后面听着，表情越来越兴奋。话一说完，苍一郎就激动地夸奖晴。

“晴，你真是太厉害了！这么一来事件就解决啦！”

“这个嘛……还不一定哦，如果本人愿意承认就最好……比起这个，国到底打算怎么做啊……”

比起事件的后续发展，晴反而觉得说出奇妙言论的国崇更加麻烦。这时，晴又想起晾在外面的衣服还没收进来，连忙拔腿奔向屋外。他心想着“糟糕了”，紧接着在漆黑的庭院里收起已经微微带着湿气的衣服。他打从心底感叹自己被杀人事件搞得团团转，根本无法过正常的生活。

当晚餐总算准备好，晴与苍一郎双手合十准备开始吃时，苍一郎的智能手机接到国崇的来电。国崇表示明天上午，全体相关人员会在小野崎家集合。一听到国崇说“你也过来”，晴立刻明确地表示自己并不打算露脸，可是国崇是个无论何时都不听别人说话的男人。

“大家会在十点集合，既然你知道地点，应该知道怎么过来吧？”

“唔……所以说我不想去……”

“拜托你啦。”

“国！”

虽然晴愤怒地大吼，不过已经无法通过通话被切断的智能手机传达给对方。晴愤愤不平地啐了一声，苍一郎则耸了耸肩用劝告的语气说：

“不过啊，国会这样说也有他的道理。我不觉得那群人当中会有懂古董的人。如果让他们负责说明，除非晴准备资料帮他们打好基础，不然根本办不到吧？”

“……”

正如苍一郎所言，警察的相关人员中没有一个懂古董。回想起在小野崎家的仓库里把茶碗误认为饭碗的矢田，晴就不悦地冷哼一声。

然而，就算是这样……原本晴一边思考一边吃着炒青菜，在某个想法浮现后，顿时停下筷子。国崇说会集合所有相关人员。既然晴非得当场做说明，那不是能顺便解决棍的问题吗？

想到好方法后，虽然还在吃饭，晴依然要苍一郎打给国崇。联系到国崇后，晴指示他帮忙准备一些东西。由于晴的委托不是什么难事，国崇立刻就答应了。

第二天早上，晴和苍一郎一同前往小野崎家。两人在约好的十点前到达等等力站，走到小野崎家就看到大门的对面跟前几天看到的一样，停了两辆车。一辆是警察的车，另一辆则是东亚银行的车。

按下电铃没多久，便见矢田从玄关现身。晴下意识地皱起眉头，走来的矢田刻意耸了耸肩说：

“不用摆出那么厌恶的表情吧？我可是特地出来迎接名侦探的呢。”

“……你难道不知道自己就是这种地方惹人厌吗？”

“不不，我很清楚白藤先生相当讨厌我。请进。”

晴板着脸从矢田打开的大门走进去。听到矢田说大家都已经在客厅集合后，晴等人迅速走向玄关。因为是第三次拜访，晴已很清楚小野崎家的格局。矢田走在前面，三人进入客厅后，现场所有人的视线都集中到迟来的晴和苍一郎身上。

警方相关人员有国崇、担任管理官的明智、组长胜见以及秋津。此外还有从医院回来的小野崎夫人。东亚银行那边则有特殊担保管理部的梶，以及等等力分行融资科的吹石。看了看在场的相关人员后，晴向国崇走去。

“你委托我的东西在经过夫人的同意后，已经帮你准备好了。”

国崇站在沙发前方，指着长桌对晴这么说。这时，胜见开口请点头回应国崇的晴坐到中间的沙发上。因为这样比较便于说明物品的事，晴就拉着苍一郎坐了下来。

对面沙发上坐着脸色憔悴而且相当紧张的小野崎夫人。于是，晴先开口对夫人问道：

“您还好吧？”

“……没事。我听刑警先生说，你会负责说明犯人是谁……所以说华英不是自杀，而是被人杀害的？”

“……”

晴没有明确回答夫人的问题，而是麻烦夫人让他先说明自己的想法。夫人轻轻地点头，用颤抖的声音回答：“麻烦你了。”

晴让苍一郎帮忙，把桌上箱子里的东西拿出来。这两个箱子是国崇依照晴的指示，从小野崎家的仓库拿出来的东西。留在小野崎家仓库中的都是赝品，不过晴打算向大家说明在这之中混了不同级别的东西。

参考那张清单，他请国崇拿来的两个箱子当中，分别装着野野村仁清制作的茶碗，以及尾形干山制作的绘皿。两样都是赝品，其中仁清更是让晴与小野崎家的杀人事件扯上关系的关键物品。晴把仁清放在中央，确认大家的视线都集中过来后，开始说明：

“……首先，我要说的不是杀害小野崎先生的犯人，而是我从事件背景所想到的事。从小野崎先生被杀害的状况和时间来看，事件的主因应该与小野崎家的收藏品有关。至于那个问题……正如各位所知，在取得东亚银行的融资时，小野崎先生是用前任当家的收藏做担保，但那些收藏品之中混了许多赝品。虽然这些东西刚抵押给银行时曾做过鉴定，都被判定为真货。因为其中也有与我爷爷有关的物品，所以东亚银行的梶先生才会委托我调查个中原因。我曾去找了爷爷生前认识的朋友们打探消息，不过收集这些物品的前任当家已经去世，与前任当家合作的业者们也把店关掉了，因此我无法取得详细的情报……不过，在看到这里的物品后，我做了某种推测。”

晴曾答应不会把从大东那边听来的事情说出来，所以刚刚说的内容有着微妙的含糊之处，国崇和苍一郎一定注意到了，不过他们都没反应。晴一边确认两人的模样，一边伸手拿起放在桌上的仁清茶碗看向苍一郎。晴在事前就跟苍一郎说好，由苍一郎负责向这群对古董不熟悉的人解释。

苍一郎摆出一副等很久了的模样从晴手上接过仁清茶碗，开口说明：

“这是野野村仁清制作的茶碗……的赝品。仁清是在江户时代初期活跃的京烧陶艺师，留下了许多优秀的作品。他是拉胚的名家，上釉药的手艺也很厉害，还有一说是确立色绘陶艺品的人就是仁清。他在有名的茶道大师金森宗和的指导下，制作了非常多茶具，那种华丽且典雅的作品风格广受名家们的喜爱。仁清的部分作品被指定为国宝。然而，在陶瓷器的世界中，后代的陶艺师为了学习，会去仿制有名陶艺师的作品，所以世间才会存在大量仿制品。这类物品在刚制作出来时只是‘仁清风格的陶艺品’，随着时间流逝，却脱离了制作者的原本意图，被用于其他地方。也就是说，那些精致的仿制品会被刻意施以让外观变古老的加工，以用作赝品。”

“所以……这也是那种仿制品什么的吗？”

矢田的上司胜见，一脸困惑地皱起眉头发问。虽然已经知道矢田他们是外行人，不过似乎连他们的上司也一样。晴心想着“跟苍一郎说的一样呢”。这时，传来苍一郎接着回答的声音。

“恐怕是。我认为这是在大约一百年前，在京烧的陶艺工房制作的东西。前几天我们在这边的仓库与矢田先生他们碰面时也曾说明过，这个赝品其实非常粗糙，只要是对古董稍微有点兴趣的人，都能很轻易看穿这是赝品。”

苍一郎先让在场所有人都轮流看过他手里的仁清茶碗后，才将它放到桌上。接下来，他拿起放在旁边的绘皿。

“相对的，这虽然是尾形干山的赝品，不过因为做工精致，外行人相当难以判断。干山所做的器皿由于形状容易模仿，因而会有很多赝品。虽然可以用绘图与字迹作为判断真伪的基准，然而即使是鉴定专家也很难判断。让这个问题浮出水面的，就是在昭和三十七年时发生的那起有名的'佐野干山事件'。干山晚年是在栃木县的佐野度过，所以市面上有很多说是他在佐野制作的作品流通，也让人开始怀疑那些作品是否是赝品。当时，因为这个问题，陶瓷器学者与美术史学家等大批的专家争论不休，最后却没有得到具体的结果，只做出'佐野干山几乎都是赝品'这种模棱两可的结论。从即使经过当代专家们的讨论仍难以得出具体结论这点来看，大家不觉得这就表示干山所做的器皿真的难以鉴定真伪吗？附带一提，尾形干山是仁清的徒弟，也是名画家尾形光琳的弟弟。另外，他的曾祖母还是本阿弥光悦的姐姐哦！这人相当厉害吧？"

"苍一郎。"

晴板着脸提醒说得太兴奋，然后开始离题的苍一郎。被晴瞪了一眼后，苍一郎一脸"糟糕了"的表情，接着耸了耸肩膀，将话题拉回正题。

"……所以，仓库里有像这个干山一样，即使是鉴定专家也难以判断的精致赝品，以及跟这个仁清一样，一眼就能看穿的赝品。也就是说，在小野崎家的收藏中，虽然这些都是赝品，却有着明显的差异。"

说完这段话后，苍一郎补上一句："对吧，晴？"将解说的主导权还给晴。晴一脸认真地点点头，接着说：

"春霞古美术店的大东先生也注意到了这个状况，并且觉得非常不可思议。当我用自己的方法去猜测原因时，突然注意到某个事实。小野崎家的前任当家不只收集古董，也收集画作，但画作里面没有任何赝品。也就是说，前任当家虽然有看画的眼光，鉴定古董的功力却不高。我可以向夫人您确认是否听说过这回事吗？”

突然被晴提问，小野崎夫人先是惊讶地瞪大眼睛，接着微微皱起眉头，应该是在回想身为她公公的前任当家吧。过一会儿后，她才慎重地回答“是的”。

“爸爸在年轻的时候曾学习过绘画，自己也会提笔作画，所以应该很了解画作。至于古董……虽然曾看过他在学习，不过我不太清楚爸爸究竟有没有鉴定的眼光。”

“谢谢。我接下来要说的仅是我的想象……只能算是一种假设：我觉得在前任当家购买的古董当中，很可能混杂了极为精巧、甚至能够欺骗专业人士的赝品，而且连最初做鉴定的人也没有注意到……”

“也就是说……您是指追分教授的鉴定有错？”

“我认为这样想会比较自然。”

晴很明确地回答面露困惑地开口确认的梶。实际上并不是追分教授出错，而是他明知那是赝品依然鉴定成真货，不过晴不能把这件事告诉梶。在经过各方面的考量后，晴得到的结论是，让已经去世的追分教授当坏人是最好的方法。实际上，追分教授的确帮忙做了坏事，而且他又已经去世，无法抱怨。

梶一脸不安地看着放在桌上的茶碗，向晴反问道：

“但是……这样的话，那些明显是赝品的东西又该怎么说呢？

也是因为追分教授没有发现吗？”

“不。接下来我要说的内容，就跟小野崎家发生的杀人事件有关了……”

晴如此说完后，整个客厅就笼罩在紧张的气氛中。晴一边感受着警方相关人员那几乎能刺痛人的锐利视线，一边凝视着放在桌上的仁清。

“不只是追分教授，想必连前任当家应该也能注意到这个仁清茶碗是赝品吧。即使鉴定古董的眼光没有那么好，前任当家依然收集了如此多的收藏品，我认为他无论如何都不可能被这种东西蒙骗。所以……我就想到另一个假设。”

轻轻咳了一声后，晴再度伸手拿起仁清。他仿佛拥抱般用双手捧起茶碗，环视一圈凝视着自己的人们。在确认这群人之中只有一个人低着头之后，晴继续说道：

“在仓库中的收藏被拿去抵押给银行后……是不是有人把东西偷偷卖掉了……”

“你说的……难道是小野崎重吾？”

面对讶异地说出这个名字的矢田，晴沉重地点头表示肯定。立刻有所反应的，是小野崎夫人，她摇摇头，表示自己并不知道这件事。

“我丈夫对古董完全没有兴趣，要说他拿去卖掉实在……”

“虽然这样说有点失礼，不过我听说小野崎先生在资金周转方面出现困难，而有价值的古董能够立刻变卖，取得现金。”

“难道……”

如此低语的同时，夫人似乎想到了什么，不再继续否定。晴对浮现不安神情的夫人露出微笑后，继续说出他的推测：

“在仓库中发现的粗劣赝品，都是仁清、祥瑞、唐三彩等很受欢迎的古董品项，即使是对古董没有兴趣的小野崎先生，想必只要稍加调查就能知道它们的价值。再加上，只要稍微询问一下，便能知道市面上有很多仿造品……所以他可以只把古董卖掉，然后将赝品装进去。”

“那个赝品是……小野崎先生自己放进去的？”

“如果古董消失，银行也会发现异状吧？但如果箱子还在，只把古董调包，乍看之下就不会有人发现。毕竟是曾被鉴定为真货的物品，就算银行来检查，也不会大手笔地请专家跟着一起过来确认吧？因为小野崎先生身亡，如今已无法确认本人的意图，不过他之所以会替换赝品，很可能是想总有一天要把东西买回来恢复原状。”

晴补了一句“上述都只是我个人的想法”后，又继续说道：

“这次，对小野崎先生来说最不幸的，搞不好是将收藏品委托给春霞古美术店的大东先生这种拥有扎实鉴定功力的人出售一事。在经由业界权威的追分教授鉴定为真货后，还能够看出该物品其实是赝品的人非常少。如果是鉴定功力不够的业者，很可能不敢否定追分教授的鉴定结果，因此将所有东西都当成真货。但是，大东先生不会被权威所束缚，只会靠自己的眼睛做判断。我认为大东先生之所以没有跟东亚银行报告追分教授的鉴定有问题……是因为他有身处业界的苦衷与立场。虽然他不会直接挑明之前的鉴定有误，但是会说‘本店不经手这个物品’。这算是古董店老板常用的说法，意思就是‘这其实是赝品’。”

大东自己也说过，他实在不情愿接下委托，毕竟就算说出实情也得不到什么好脸色，他当然想拒绝。实际上，东亚银行也的确怀疑过大东的鉴定，还去找其他业者再次确认。欺骗与被欺骗——关于这类问题，无论是谁都只会留下不好的回忆。

“……此外，还有一件事也让小野崎先生很困扰，就是大东先生将仁清的箱子当成提示，告知负责调查为什么收藏中会混入赝品的梶先生可从这边着手。由于那个箱子是我那身为传统木工师傅的爷爷修理过的东西，站在大东先生的立场，是希望找与业界没有直接关系的爷爷，来对外传达鉴定有问题这件事吧。但那个箱子里面的仁清……正好是被小野崎先生卖掉的品项。对于除了自己卖掉的东西之外还有其他赝品一事，小野崎先生感到困惑，在看到自己做坏事时取出的品项被大东先生挑出来后，应该非常焦虑吧。他思前想后，最后决定打电话跟梶先生说明真相……”

“就，就是那通电话吗？”

紧张地听着晴说明的梶，此时惊讶地大喊。晴看着梶沉重地点了点头。

“那天，小野崎先生说不定知道梶先生来我们家拜访。他想在事情传出去且变得一发不可收拾之前，先跟梶先生商量，所以才打了那通电话。小野崎先生对梶先生说‘从一开始就是赝品’对吧？”

“是的，因为小野崎先生似乎非常紧张，我根本搞不清楚状况，想说跟他见面好好谈谈，挂断电话就立刻坐上前往小野崎家的出租车。”

“我刚从梶先生那边听说这件事时，原本以为小野崎先生是指他从一开始就知道古董中混有赝品，但其实不是这样。小野崎先生对古董没兴趣，不可能有看穿赝品的眼光。其实他想表达的不是‘从一开始就是赝品’，而是‘居然从一开始就有赝品’。也就是说，小野崎先生害怕如果被人通过仁清茶碗查出自己做的坏事，会让人觉得其他精巧的赝品也是他的所作所为。因为他没办法在电话中把这件事说清楚，只能等梶先生过来……而杀害小野崎先生的犯人也在这时现身。我认为杀害小野崎先生的凶手，正是跟他一起出售古董的共犯。”

在听到共犯的瞬间，警察们都两眼放光。“所以有共犯吗？”明智开口问道，晴向他点头表示肯定。因为不能说出他曾委托天羽做过确认，所以只能让犯人自己开口说出真相。晴慎重地举出自己会这样思考的理由。

“一开始说不定是小野崎先生独自行动吧，但是，后来可能因为他在搬运物品时被人目击之类的理由，有人发现他在出售收藏品中的古董。接着，共犯就开始协助小野崎先生。小野崎先生不会开车，而这个家里会开车的人只有华英小姐。虽然古董并不大，但毕竟有一定的体积，而且携带高价物品乘坐大众交通工具，果然还是会犹豫吧？如果叫出租车，又会被夫人和华英小姐询问要去哪里……”

“跟小野崎先生有一致的利害关系，又会开车的人……”

“而且还是就算开车出入小野崎家，并跟小野崎先生一同出门，夫人和华英小姐也不会起疑的人。”

胜见低声碎念完后，晴接着他的话补上几个条件。聚集在这里的人当中，有两个符合这些条件的人，那就是东亚银行的梶以及吹石。明智和胜见看着两人，矢田和秋津也动作迅速地绕到梶和吹石背后。梶露出害怕的表情，表示这件事跟自己无关。

“我，我……怎么可能出售作为担保的物品……”

“我们知道梶先生实际上不可能杀害小野崎先生。让身处谷中的梶先生，能于几乎同一时刻在等等力动手杀人的手段，根本不可能存在。”

以在华英的遗体上找到的证据为基础，警察再度怀疑梶。晴先表示他很讨厌这种武断的判断后，往梶所在的方向看去。但他不是看着梶，而是凝视着站在梶斜后方的人物，继续说道：

“所以，那个人只会是你了，吹石先生。”

晴那混着叹息的声音，在这流动着沉重空气的客厅中响起。一直低着头的吹石，在被晴点名之后微微颤抖了一下。他困惑地皱起眉头，缓缓将视线移到晴身上。

吹石露出不悦的表情瞪着晴，晴也毫不闪避地直视着他。

“我不是警察，无法做出查证之类的事情，所以并不清楚详情，不过吹石先生身为融资科的负责人，如果小野崎家无法顺利还款，你也会很麻烦吧？所以，即使你发现小野崎先生在偷卖古董，你也没有阻止他。也可能是被小野崎先生用‘如果之后赚了钱再买回来，只要忍耐到那时候就好’之类的理由说服了吧。然而，小野崎先生的事业支撑不下去，事态演变成银行要将抵押品拿去变卖。在这时，发现除了跟你们两人有关的物品之外还有其他赝品，对吹石先生而言说不定是好事。明明这么一来，自己做的坏事就能蒙混过去，可小野崎先生却不这么想。要是他把真相告诉梶先生的话，吹石先生将会很困扰。我不清楚将作为担保的物品拿去卖掉是否有罪，不过，那确实是银行的负责人不该插手的事情。吹石先生这样下去可能会被开除，所以……”

“他就动手杀了小野崎先生。”

苍一郎代替在这时换了口气的晴，自言自语地说道。他的声音在寂静的客厅里传开，吹石的脸颊也条件反射地抽搐着。苍一郎凝视着吹石，像是要确认般问道：“华英小姐也是你杀的吧？”

听见这句话后，国崇低声询问：“动机呢？”苍一郎轻轻耸了耸肩，说出他和晴事先谈好的内容。

“因为华英小姐的目击证词。华英小姐在小野崎先生遭到杀害时，曾提供了她看到梶先生离开小野崎家的证词。但是，正如大家所见，梶先生和吹石先生的身高差不多。如果只在一瞬间看到背影，那应该无法确认到底谁是谁吧？然而，华英小姐能单凭背影就一口咬定是梶先生，是因为她看到西装加上绿色围巾这样的服装搭配。梶先生经常使用绿色围巾，又经常出入小野崎家，所以华英小姐对此有印象。吹石先生应该是利用围巾这个特征，刻意让华英小姐产生误会。华英小姐受到诱导，断定那人是梶先生，结果说出那段证词……不过，华英小姐似乎发现真相了。”

“发现那人其实不是梶？”

“吹石先生，是这样没错吧？”

被所有人注视着的吹石没有回答苍一郎的问题，再次低下头。他非常紧张，光是凭这点便能证明晴和苍一郎的推测是正确的。面对这样的吹石，一脸困惑的梶开口向他确认真伪。

“杀人什么的……难道你真的……”

“……”

“吹石，如果这是误会的话，你快点解释清楚……”

吹石虽然看了一眼劝他辩解的棍，但是依然不打算开口。在场所有人都注视着一言不发的吹石，最先开口的人是矢田。矢田仿佛不打算放过吹石的任何反应，用严峻的眼神紧盯着他，同时用严肃的语气问道：

“吹石先生在小野崎先生被杀害的那天，说是正独自一人从客户那边离开，所以没有人可以帮你证实不在场证明，对吧？能请你再次详细说一说，你是去了哪里吗？我会仔细去调阅监视摄影机拍摄的影像以便确认。”

“……”

“华英小姐去世的那天也是……你表示虽然待在家里，但因为是独居所以很难证实不在场对吧？我们从华英小姐的指甲中采集到男式西装的纤维，颜色正好跟你现在穿在身上的西装类似。”

紧张地听完矢田的补充说明后，吹石不安的视线开始游移。他眉头紧锁，先是瞪着地板呆站着，但过了好一会儿后，就用仿佛硬挤出来的声音小声说：“我也没别的办法啊。”迫使他坦承的契机可能是得知自己留下了物证吧，在说出第一句话后，吹石就断断续续地开始自白。

“……我偶然看见小野崎先生从仓库里搬出古董……虽然惊讶地想阻止他，但是他表示这是为了不延迟还款，才会暂时这么做……而且公司的业绩很可能会恢复，他总有一天能买回来，最后我被他说服……选择睁一只眼闭一只眼。明明知道小野崎先生的事业已经无法挽救了……但是我想晚点再报告……觉得自己必须帮他……一如预料，小野崎先生的事业撑不住了，事态也演变成要将收藏品变卖。我努力说服不知该如何是好且焦虑不已的小野崎先生保持沉默。知道小野崎先生将古董卖掉的人只有我，所以只要我们坚持什么都不知道的态度，应该就没问题……在听到发现了其他赝品时……说实话，我觉得得救了……所以我再次要求小野崎先生绝对不要说出去……然而……”

“小野崎先生却打算把事情告诉梶先生是吗？”

矢田开口确认后，依然望着地板的吹石点了头。

“……梶先生在调查赝品相关的事情……小野崎先生似乎觉得梶先生注意到他卖掉了茶碗，因为担心事情败露，又开始焦虑。我明明说了没问题……结果那天，我接到小野崎先生的电话，说他要把事情告诉梶先生，所以我急忙赶过来。然后，发现小野崎先生在会客室……他说他打电话给梶先生后，梶先生要过来当面商量……可能因为他已经失去一切了所以无所谓，但是，如果他真的说了……我会很麻烦……我们吵了起来……接着……我忍不住……”

“拿起烟灰缸打了小野崎先生吗？”

吹石低着头，无力地点头。在旁边看着这一切的梶露出非常绝望的表情，晴因为看到梶的表情而相当难受。对梶而言，自己只是为了职务进行调查而已，并没有做任何坏事。然而，就结果而言，他的行动却引起了杀人事件，这肯定让他相当惊讶吧。

“……因为一时冲动……我其实也不清楚自己做了什么……小

野崎先生在倒地时头部撞到柜子的边角……等我回过神时，他已经倒在地上一动也不动了……我并不……想杀他……”

虽然吹石表示自己没有杀意，还露出悲怆的表情，但是警察们的眼光非常严肃。矢田不悦地抓了抓头，开口指出吹石的矛盾之处。

“但是，在那之后你为了让人认为凶手是梶先生，所以刻意伪装成他让华英小姐看到又是怎么一回事？绿色围巾可不是那种能随手准备的东西。你根本从一开始就打算杀死小野崎先生吧？”

“……”

“华英小姐的案件也是。你让她看起来像是自杀，还留下疑似是遗书的信息。这不管怎么看都是事先计划好的。”

矢田说完，耸了耸肩膀，喊了声“组长”向胜见寻求指示。胜见与明智小声地讨论完后，命令矢田与秋津带吹石到世田谷西署协助调查。已经放弃的吹石没有反抗，被矢田与秋津一左一右夹着离开客厅。然后，胜见也跟着走出去，明智则向小野崎夫人礼貌地低头致意。

“今天真的很感谢您，杀害您丈夫和女儿的嫌疑犯应该是吹石，等正式逮捕他后，我会再来跟您报告。如果将来有需要您帮忙的地方，到时还请您多多协助。”

“……好的……非常感谢。”

“望月前辈，真的很感谢您。证实推论的事情就交给我们吧。”

明智绕了个圈子叮嘱国崇不要再插手，并向晴表示之后说不定还会再去请教后，就小跑步追着胜见他们离去。在警察相关人士都离开后，脸色发青、神情紧张的梶，向小野崎夫人低下头致歉。

“身为与吹石在同一间银行工作，而且同样是被派来负责小野崎家的人，我真不知道该怎么跟夫人道歉才好……”

面对不安地开口谢罪的梶，夫人无力地摇了摇头。

“……不是梶先生的错……这都是……我那个做了蠢事的丈夫引起的……就连华英也因为这样……”

在场最痛苦的一定是失去家人的小野崎夫人，她那让人不忍目睹的难过表情实在令人心痛。虽然小野崎夫人请求让她一个人静一静，梶还是对她说了“如果需要帮忙的话，一定会尽力，夫人随时都能联系我”之类的话。晴和苍一郎则分工将从箱子里拿出来的东西收拾好，并告诉夫人他们会负责拿回仓库。

晴请对仓库很熟悉的梶陪同，为了归还手中的东西走向仓库。打开厚重的门扉走进静谧的仓库，就感受到干燥的空气和些许的灰尘味道。走上阁楼，将箱子放回原本位置又走回来后，梶向晴低下头说：

“真的很抱歉，给白藤先生……添了这么大的麻烦……”

“不，我还好……真正难过的是夫人。”

晴低声说完后，梶也无力地回应：“是啊。”

低着头的梶看起来无比疲惫。梶完全没有怀疑过吹石，因此肯定受到了比晴天霹雳更大的冲击。

“为什么……会变成这样……”

晴一边回忆痛苦的过去，一边听着梶叹息着说出的话语。如果小野崎家没有这些被人认为有价值的收藏品，可能就不会陷入这种事态了。拥有能拿来抵押给银行的物品，成为这场不幸的开端。

“还真是讽刺呢。小野崎家的前任当家应该是为了利益开始收集古董，结果这却成为灾难的种子。”

依照人类为求自身方便和欲望的不同，即使是能转变成巨大利益的物品也可能一文不值。如果是真货就能高价卖出，要是被当成赝品就卖不了多少钱，被看不出真正价值的古董玩弄于股掌之间，因此破产的人也不在少数。

是真货，还是赝品？知道真相的并不是人类，而是该物品自身。

“……所以，我才讨厌古董。”

晴愤恨而低沉的声音，在只剩下赝品的仓库中回响。这个失去价值储物的华丽仓库，未来将会变成什么样子呢？会落入同样被甘甜的香气所吸引的人手中，再次放入充满业障的物品吗？光是想到这种可能性，晴就感到一股不舒服的寒气蹿起，不禁皱眉缩起身子。

晴和梶一同关上仓库的门回到客厅，看到苍一郎和国崇在客厅等着。他们表示夫人已经回自己房间休息，并催促大家快点离开。四人离开小野崎家后，梶说自己必须去跟上司报告，于是拦下出租车回银行去了。

“再次向各位道歉。”

梶低头致意，表情看来非常悲痛。晴只能请他节哀。

虽然他们在十点前就抵达小野崎家，不过在专心分析完案件后，已经中午了。在走向等等力车站的途中，苍一郎说他肚子饿了，晴闻言立刻要求国崇请客。

“我找到真正的犯人，还让他自白了，如果你不请吃鳗鱼饭那未免太说不过去。”

“好啊！鳗鱼饭！好久没吃了，我们去柳家吧。”

听到要吃鳗鱼饭，苍一郎提及的是谷中当地的名店。对于拮据度日的晴和苍一郎来说，那是跟他们没什么缘分的店，不过两人都知道那里的料理非常美味。虽然那间店的价位让国崇板起了脸，不过他似乎也想吃鳗鱼饭，所以不情愿地点头答应。

回到谷中，正值中午，三人在客满的柳家排了很长时间队才有位置。排队时受到蒲烧香味攻击的三人，都毫不犹豫地点了鳗重[⑩]，然后引颈期盼着料理上桌。

他们大口吃着上桌的鳗重，等到肚子有被填饱的感觉后，苍一郎说起吹石的事情——

“虽然我从一开始就觉得那个人不怎么讨人喜欢，但是完全没想到他会动手杀人。真是可怕。”

“我不知道他究竟是为了工作还是什么，不过，我实在无法理解他那为求自保甚至动手杀人的思考模式。”

晴对苍一郎的意见表示赞同，板起脸轻轻摇头说道。今天晚上应该就会出现杀人犯被逮捕的新闻，东亚银行肯定也得接受调查。晴对应该会很辛苦的梶感到同情，同时烦恼仅剩的两片蒲烧鳗鱼是否应该先吃尾巴时，国崇压低声音询问：

“……你是怎么确定犯人的？”

“……”

晴不打算跟任何人说自己是从天羽那边打听到的。国崇看着沉

---

⑩注：于装在重箱中的白饭上放蒲烧鳗鱼、淋上蒲烧酱汁的日本料理。

默地将选好的那片尾巴肉和饭一起吃下肚的晴，接着问道："没事吧？"虽然他的表情和语气都跟平常一样，不过晴知道国崇在担心自己。

晴轻轻点头用动作回答，等到把口中的东西吞下去后，才开口询问国崇："你何时回新潟？"

"……在这边吃完饭之后，我就去东京车站。"

"这样啊……坐上越新干线吗？我还没坐过呢。"

"你找一天来玩吧，苍一郎也是。"

受到邀请的苍一郎，虽然嘴里塞满饭，依然高兴地点点头。不过，就连国崇回来都是一件麻烦事，要晴特地跑去见他根本不可能。苍一郎把饭吞下去后对晴说："那我们就去一趟吧，晴？"但是晴死活都不回应。

国崇是个麻烦制造者。这次也是，如果不是跟国崇扯上关系，晴可能不会涉入那么深。即使是在外派地新潟，国崇肯定也保持着他那旁若无人的性格，因此变成名人的可能性相当高。晴一边在内心默念"上天保佑"，一边将吃完的鳗重盖起来。

吃完饭后，晴将账单递给国崇，把结账任务交给他，然后先走到店外。晴向碎念着"好贵"却依然请了客的国崇说声"谢谢招待"后，看着他拦下出租车离去。

"新潟吗……离山很近呢。"

"我可不会去哦。"

等奔驰着的出租车完全消失后，苍一郎小声地这么说。晴觉得如果不先表明立场，苍一郎绝对不会放弃，所以不悦地拒绝。"又不会怎样，去嘛。”晴无视这么说的苍一郎，迈开脚步回家。

午餐托国崇的福吃到鳗鱼饭，但晚上就跟平时一样是粗食了。晴想着不知道苍一郎有什么事要忙，开口询问:“你晚餐时会不会在家？”结果被苍一郎反问：

“国在担心什么？”

“……”

晴一阵紧张，忍不住转头看向走在身旁的苍一郎，看到他的表情非常认真，更让晴想叹气。苍一郎在柳家时没有开口追问，晴原本以为他没有注意到。

“没事。”冷淡地回答后，晴把视线从苍一郎身上移开，“哈”地呼了口气后，抬头看向远方蓝得清澈的天空。

十年前,晴没有跟还是高中生的苍一郎做任何解释就离开国内，直到前年誉去世为止，他从来没有回过国，也不曾联系苍一郎。

苍一郎不知道晴离开日本的理由。在晴刚回国时，苍一郎曾直接询问，却被敷衍了，虽然他从此不曾再问过，但晴知道苍一郎其实很想知道。然而，晴觉得这不是可以告诉苍一郎的事情。只要没有什么契机，晴绝对不会主动把那件事说出来。

现在可能是不错的机会吧？回想起隔了十年后再次见到天羽，晴困扰地抓了抓头。他烦恼该怎么开口，最后说出口的却是：

“……晚餐要吃什么？”

“……我们才刚刚吃过午餐吧？”

“……也对。”

听见苍一郎讶异的回应，晴无力地点头。即使觉得这可能是个好机会，但晴还是说不出口，只能心情复杂地走着。这时，苍一郎的智能手机突然响起。他一脸烦躁地拿出手机，先“呃”了一声才接起电话。

“……是。没错……是的……现在吗？”

虽然苍一郎用不情愿的语气拒绝对方，但是最后依然推辞不掉。晴看着板起脸说“我出去一下”的苍一郎，露出苦笑问：“什么时候会回来？”

“我会在晚餐前回来。”

“既然午餐很丰盛，晚餐就吃茶泡饭吧。”

“晴，你在说什么啊！晚餐是晚餐吧！”

苍一郎强调“晚餐与午餐无关”之后，向晴道别朝车站走去。目送他飞奔离去后，晴独自一人回家。最近总是因为杂事拖延工作进度，使得工作无法如期进展，晴想着这样下去很可能会赶不上下次的交货日，一回到家就立刻进了工作室。

“……”

晴一打开拉门，就看到昨晚放在工作室里的纸袋。早上因为忙着赶去小野崎家，晴完全忘了从天羽那边收下的纸袋。他板着脸瞪着脚下的纸袋，轻轻吐了口气后坐下来。

虽然也可以不拿出来看，然后直接收进某个地方。不过晴才刚领悟到不可以逃避过去，于是深吸一口气，将放在纸袋里用白纸包着的东西拿出来。

将沉重的东西放在地上，打开包了好几层的薄纸后，一尊古老的佛像出现，那是一尊约二十五厘米的观音菩萨立像。见到袋中装的是自己预料中的东西，晴长吁了一口气。

“……”

晴已经十年不曾看过这尊有着慈祥表情的观音菩萨像。就像他觉得不会再跟天羽见面一样，晴也认为自己不会再看到这尊佛像。这明明是毁掉自己人生的东西，晴对此却没有愤怒或憎恨之感。他一边想着“可能因为这是佛像吧”，一边拿起这尊雕像。

十年前，还在艺术大学学习雕刻时，晴就已备受瞩目。后来，被天羽委托了一件事。出于某些缘故，天羽需要这个复制品，于是晴以天羽给他的照片为基础，雕出这尊佛像。

晴拥有能将看到的东西直接成形的天赋。在那之前，天羽也常拜托他制作复制品，晴便以打工的心态接下委托。因为晴相信自己与天羽之间的信赖关系，完全不觉得他会拿去当赝品使用。

明明他很清楚天羽是什么样的男人。

“灾难的种子……啊。”

晴重复了一次自己在小野崎家的仓库中，用来形容前任当家收藏的话语。对晴来说，灾难的种子就是这个。天羽为晴雕刻的佛像赋予了时代感，也就是经由加工让它看起来更古老。伪装成镰仓时代的古董卖掉的这尊观音菩萨立像，很讽刺地落入晴的恩师手中。恩师在看穿这是赝品的同时，也怀疑这个雕像出自晴之手。

被恩师怀疑后，晴无比迷茫，接着对一切感到绝望。恩师虽然选择包庇晴，没有检举他，但是晴依然选择舍弃雕刻这条路，决定离开日本。誉和天羽断绝往来也是因为这件事。

为了斩除接二连三苏醒的痛苦回忆，晴重新用薄纸将手中的雕像包起来。他拿着那个雕像起身，走到自己那位于工作室后方的房间，将墙边五斗柜最下层的抽屉拉开，放进还空着的地方。

那时候，晴明明已下定决心不再雕刻，结果却为了糊口而破戒。在鄙视自己意志薄弱的同时，他也一直说服自己这是为了生活，所以无可奈何。即使如此，目前的生活还不算太差。正因为自己是如此想的，才能去见天羽吧。晴一边这么想着，一边重重吐了口气，走进工作室开始工作。

隔天，晴打开几乎没有开过的电视机，与苍一郎一起看新闻。昨晚的新闻曾短暂报道东亚银行的职员被警方逮捕的消息，到了今天各家媒体都做了特别报道，毕竟这是一起大银行的职员杀害了顾客，而且还接连杀死父女二人这种丑闻性十足的事件。从电视上看见小野崎家的模样，晴和苍一郎得知有众多记者聚集在那边，不禁担心起小野崎夫人的身体状况。

当天傍晚，东亚银行的高层召开了记者会。列队站着的高层们，为了职员造成的丑闻在镁光灯前面鞠躬谢罪。虽然苍一郎试着寻找里面是否有梶的身影，不过这种场合似乎没有一般职员登场的可能，画面中完全找不到类似的人影。

小野崎家的事件被认定是融资问题所引发的杀人事件，而成为吹石杀害小野崎重吾与其女儿的原因的古董相关问题，则完全没有报道。不可思议的是，在东亚银行的高层开完谢罪记者会的隔天，就发生导致众多乘客死伤的电车脱轨事故，媒体的焦点很自然地就转移到电车事故上，与小野崎家杀人事件相关的报道也变得不显眼。

晴只在星期一特地看了新闻，到了星期二就回到了不看电视的生活之中。警察和梶都没有跟他联系，晴就跟平常一样，每天在工作室里为了赚取饭钱而努力。

在事件之后，最先来拜访白藤家的是矢田与秋津。

听到喊着“打扰了”的声音，晴放下手边工作起身，在拉开玄关门后立刻板起脸。看到浮现亲切笑容的秋津，以及站在不远处的矢田后，晴轻轻叹了一口气。他并不打算让刑警进家里，于是将手伸到背后把拉门带上。

看着晴表情僵硬地走出来，矢田用一听就知道在说客套话的语气道谢：

“前几天真是太感谢了，非常谢谢您的协助。”

“……不管怎么听，矢田先生都不像是在说真心话啊。”

“不不，上至管理官，下至整个搜查总部都很感谢白藤先生。能够早早逮捕吹石都是托白藤先生的福。因为白藤先生有条有理地说明了吹石的行动与动机，我们只要做完查证的工作就能结案。”

“……所以今天来是有什么事？”

晴心想着“果然是来挖苦人的吧”，然后眯起眼睛看向矢田询问他们的来意。矢田表示，因为警方成功起诉了吹石，想着晴应该想知道在那之后经过搜查而水落石出的事实，所以特地过来告诉他。晴的确很在意无法通过新闻得知的事，所以没有拒绝，只点了点头。

接着，在矢田的示意下，秋津拿出记事本开始说明详细的事件经过。

“在小野崎重吾被杀害事件中，吹石当初表示‘正从客户那边离开’的不在场证明遭到否定。在小野崎重吾的推测死亡时间前后，吹石被架设于等等力车站附近的监视摄影机拍到。用来让梶先生背黑锅所使用的绿色围巾也在他家中找到了。顺便一提，从被害者小野崎华英的指甲中采集到的纤维，与在吹石家中找到的西装所使用的布料一致。”

“对于杀害华英小姐一事，吹石是怎么说的？”

前几天，晴只从吹石本人口中听到他杀害小野崎重吾的事情，之后则从新闻得知，被请去协助调查的吹石交代了自己杀害华英的事。

秋津用生硬的语气，继续向询问详细状况的晴做说明——

“正如白藤先生所说，小野崎华英发现自己认错人，所以要求吹石说明。吹石虽然装傻，但也害怕华英将这件事告诉警察，所以将她杀害后伪装成自杀。手机上的短信是吹石用来掩盖自己罪行的伪装。”

“虽然有点晚，不过司法解剖的结果也出来了。小野崎华英确实有他杀的可能，时机还真是巧。”

因为从华英的指甲缝里找到疑似是犯人遗留的纤维，所以紧急改做司法解剖一事，晴曾听国崇提过。晴回应“真是太好了”的同时，想起脸色憔悴、疲惫不堪的小野崎夫人，便询问她的状况如何，矢田说她在葬礼上表现得相当坚强。

“因为小野崎重吾的葬礼还没结束，所以夫人等领回华英的遗体后，将两人的葬礼合并举行。两名死者昨天正式下葬，我去露过脸，媒体也来了。虽然因为发生电车事故，让报道大战告一段落……不过夫人看起来相当疲惫。实在很不幸呢。”

“的确……今后夫人会独自住在那栋房子里吗？”

“不，那栋房子的产权属于前任当家所创立的公司，小野崎家其实是租住的。所以夫人表示，在把事情处理完后就会搬家。这样也比较好吧，她应该不想一直住在丈夫和女儿遇害的房子里。”

用力点头同意矢田的意见后，晴轻轻叹一口气，在内心期望着夫人能在新天地恢复精神。这时，他突然感受到一股盯着自己的视线，奇怪地顺着视线看过去后，就跟矢田的目光对上。矢田露出了与其说是亲切，不如说是蕴含深意的表情微笑说：

“有一件我们查不到的事情。”

“……什么事？”

“小野崎重吾和吹石出售古董所找的买家。”

晴一直有预感警察总有一天会来问他这件事。在看到矢田等人的脸时，他就已做好该有的觉悟，所以此时无言地回望矢田。矢田慎重地观察表情没有任何破绽的晴，继续说道：

“关于小野崎先生究竟是如何找到古董的买家，在他已经去世的现在我们也无从得知，不过吹石曾数度带小野崎先生前往交易地点。他们的目的地……是代官山的一栋公寓大楼。吹石只是把车停在大楼前面等着，所以他也不知道小野崎先生究竟是如何把东西卖掉，更不知道买家是谁。但是，经过调查，那栋大楼中并没有古董店，也没有疑似古董商的人住在那里。这究竟是怎么一回事？”

“这个嘛……我也不知道。”

“那个时候，白藤先生在说到小野崎先生和吹石共谋将古董卖掉时，听起来仿佛是拥有确切的证据呢。我觉得正因为如此，吹石才会放弃挣扎吧……”

面对用殷勤的语气询问“究竟是什么样的证据呢？能请你具体地告诉我们吗”的矢田，晴只重复了“我不知道”这句话。事实上，晴确定吹石是犯人，是因为在井蛙堂时天羽拿给自己看的影像中，出现了吹石的身影。那恐怕是吹石将车停在代官山的大楼前，等候小野崎回来时的模样。

当时虽然听天羽说是监视摄影机拍下的影像，不过现在仔细想想，那很可能是天羽已料想到会出现这个状况，所以特意拍下来的。疑惑闯入心中，但是晴认为这终究只是自己的推测，所以用冷静的语气表示：

“我会认为吹石是犯人，只是用了单纯的消除法。在出入小野崎家的人之中，只有梶先生和吹石会穿西装。如果梶先生不是凶手，那就只会是吹石了。其实我是在诱导询问，他能主动承认真的很幸运。可能他还是受到了良心的苛责吧。”

“是这样吗？”

“我可不是警察，没办法查证哦。”

矢田看着面无表情地耸了耸肩的晴好一会儿。大概是判断晴丝毫没有动摇吧，他先用鼻子重重呼了口气，然后不悦地抓了抓头。

“白藤先生与望月前管理官是在不同意义上的麻烦人物呢。”

“请不要把我和他相提并论，我很普通。”

“这么说来，白藤先生是怎么认识望月前管理官的？”

听到秋津这个仿佛临时想起来的问题，晴露出疑惑的眼神看向矢田。矢田曾说过，他从苍一郎那边得知两人是童年玩伴，不过似乎没有将这件事告诉秋津。晴用眼神示意矢田说明，不过矢田只是耸了耸肩，晴只好不情不愿地回答：

“……我们是童年玩伴。”

“童年玩伴！你与那位望月前管理官吗？”

“是的。”

晴点头看着秋津讶异的眼神。虽然国崇只在搜查一科待了两年左右，但他似乎留下很不得了的传说。

秋津一脸认真地看着心想“我绝对不要听那些事”的晴，开口询问：“他从以前就是那个样子吗？”

虽然这个问题听起来并没有恶意，但看到晴露出不知所措的表情，矢田阻止秋津说：“够了，秋津。那个人好歹是警视厅的热门人物。”

“矢田先生，我觉得不要用‘好歹’这个说法会比较好。”

“……虽然我能理解你们的心情，不过这是我难以开口评论的话题……没有其他事了吧？”

听晴说完，矢田和秋津点了点头。晴站在玄关前目送道别后离去的两人，但在发现原本打开木门要前往墓地的矢田又走回来后，不禁微微皱起眉头。晴试探性地询问：“有什么事忘记说了吗？”矢田则说出晴很不愿意听到的话：

“如果之后还有什么事，就又要麻烦你了，名侦探。”

“……”

果然，不管怎么想自己都跟矢田合不来。看着板起脸的晴，矢田露出诡异的笑容转身离去，晴则不爽地回家。

接着，过了一个星期，时间来到星期天时，苍一郎的智能手机接到梶打来的电话。一听到梶说希望能当面谈谈并询问是否方便过来拜访，晴立刻答应了。等待大约三十分钟后，玄关那边传来招呼声。梶站在玄关地板上，礼貌地向出来迎接他的晴和苍一郎低头致意。

“先前给你们添了这么大的麻烦，真是非常抱歉。”

“梶先生……”

“你真的没有必要对我们那么恭敬地道歉啦，请进来吧。”

在苍一郎的劝说下，梶不好意思地走进客厅。梶依然很正经地跪坐在坐垫上，晴关心地询问：

“你最近应该很辛苦吧？”

在新闻上看到东亚银行道歉记者会上站了一整排高层人员，而梶与吹石都是负责小野崎家事务的人，肯定会被追究责任。

“我完全没发现吹石做了那种事……我真的是能力不足，实在太丢脸了。”

“这是没有办法的事，一般来说根本不会去怀疑同事啊。”

“梶先生的职位没有改变吧？”

“因为我原本隶属的部门就不算是主要部门……即使遭到降职，就职位来说也不会差太多……不过银行内有数名董事辞职。等等力分行自然不用说，总行的融资部门也会有大规模的调整。”

毕竟从一开始，答应给小野崎家融资就是个有问题的决策。银行似乎也是有很多限制的地方。晴同情地表示“你真是辛苦了”，接着听梶说起参加小野崎家葬礼时的事情。

“其实我没有资格过去，不过我想向去世的小野崎先生和华英小姐道歉……明明就算夫人斥责我也是理所当然的事，她却愿意让我去上香……真是太感谢夫人了。”

“小野崎夫人变成孤身一人……她接下来打算怎么办？”

“虽然这说不上是补偿，不过本行会帮忙处理小野崎家其他负债和抛弃继承的手续。虽然已失去所有财产，不过夫人是小野崎先生的人寿保险受益人，她应该能靠那笔钱生活下去。”

听完梶说的话后，不只是苍一郎，连晴也松了一口气，点了点头。总不能让一口气失去一切的小野崎夫人沦落到要流落街头的惨状。由招致自身不幸的东亚银行协助，对夫人来说可能会有些在意，不过这样一来，至少比她独自辛苦地背负眼前生活所需的金钱负担要来得好。

报告完小野崎夫人今后的事情后，梶再次为了自己给晴添麻烦一事致歉。

“这次真的给白藤先生造成困扰了，让您卷入这种杀人事件实在是……”

“不，请不要在意。比起这个，关于梶先生委托的事情……我只给出一个很模糊的答案，这样真的没关系吗？”

晴要跟梶报告的事情，在解说小野崎家的杀人事件时，趁乱混着一起说完了，而且还是“东亚银行所委托的鉴定人追分教授很可能判断错误”这种仅仅是推测的内容。晴询问银行是否能接受这样的报告内容，梶则微微放松了表情，点了点头。

“没问题。我将白藤先生所说的内容转达给上司后，上司也接受了。因为追分教授已经去世，无法向对方确认，但这样思考事情就能说得通了。我们今后会确立‘询问数名专家意见’的对应策略，不过，现在其实不是想这种事的时候。”

对于因为吹石引发的事件而陷入混乱的东亚银行来说，依目前的状况，肯定不管什么样的报告都能接受吧。一路追查事件真相的梶露出了苦笑，晴也受他影响跟着苦笑起来。这件事就此告一段落，对晴来说也比较好，所以，这么说虽然很讽刺，但总觉得好像被吹石给救了。

在事件结束后的这一个星期内，梶每天都在向人说明和谢罪，会一脸疲惫也是理所当然的事。因此晴再三感谢他即使如此，仍特地过来拜访。晴和苍一郎一同走出家门目送梶离去，等他的身影消失在木门之后，两人都轻轻叹了口气。

“这样就算完全结束了吗？”

“应该是吧。虽然对梶先生有些不好意思，不过说实话，这真是一连串的灾难啊。他的工作完全没有进展，还徒增了这么多交通费……”

“说不定还有哦。”

“……什么意思？”

“说不定还会出现跟爷爷有关的赝品。”

晴皱起眉头，看向说出不祥预兆的苍一郎。虽然很想回一句“怎么可能”，不过晴很清楚，誉参与过数件坏事也是事实，所以难以否定。

虽然誉曾参与制作部分的东西，不过从来没有直接制作赝品，所以应该不会遇上要被究责的状况。晴仿佛在安慰自己般如此想道，但假如又跟这次一样，从意想不到的地方被指出与自己有关的话……

“开什么玩笑……”

晴低声抱怨完之后，走回家中。他想到洗好的衣服还没有晾，就拿着洗衣篮走进庭院，这才发现苍一郎还站在玄关大门前。

听到晴说“不要在那边发呆，快过来帮忙”，苍一郎走了过来。他遵照晴的指示，一边把毛巾挂到晾衣竿上，一边呼唤：“晴。”

“什么事？”

“……我认为自己也算是爷爷的孙子，所以我们一起负起责任吧。”

“……”

听到苍一郎这句仿佛下定决心的话语，晴惊讶地看向他。苍一郎正在用夹子夹住毛巾。看到他认真的表情，晴无法跟平时一样回答“你在说什么啊”。

抬头一看，天空非常晴朗。仿佛在宣告冬天要来临般，天空蓝白分明，一条长长的飞机云看起来像秋刀鱼，让晴想到了晚餐的菜式。

“……晚上就吃秋刀鱼吧？”

“好，用炭火来烤吧。”

“也要准备蕨和五月艾的份。”

秋刀鱼对自家的猫来说也是美食。如果没有顾及它们并做好准备，到时自己可就吃不到了。晴说要用整条秋刀鱼做晚餐，就当是庆祝事件顺利解决，苍一郎则露出爽朗的笑容点头同意。

晾完衣服回到家里后，苍一郎的智能手机响了起来。在说完“我现在要出门，不过晚餐前一定会回来自己动手烤秋刀鱼”后，苍一郎就飞奔而出。晴讶异地想着“他真的做得到吗”，然后将梶喝茶的茶杯拿去厨房的水槽。

晴心想着把杯子洗好就开始工作，不过才刚打开水龙头，就听见玄关拉门被打开的声音。晴以为是苍一郎忘记带东西所以跑回来拿，却怎么也等不到他那应该会冲进来的身影。觉得事有蹊跷，晴关上水龙头，一边擦手一边探头往玄关看去。

“怎么了——”

晴以为是苍一郎，所以出声询问，然而站在那里的人出乎他的意料。看到身穿高雅三件式西装的矮小老人——天羽的身影后，晴倒吸一口气，全身顿时僵住。

天羽知道这里也是理所当然，毕竟他和誉是多年的好友。两人在晴出生前就已认识，从前最常造访这个家的客人也是天羽。不过，誉因为天羽让晴卷入赝品事件并因此失去大好前途发怒，从此与天羽断绝往来。

从那之后过了十年，天羽似乎很怀念似的环视这个家，用沉着的声音低声说：

“……我究竟多少年没有来这里了呢？还真是一点都没变。”

“……有什么事吗？”

天羽不可能毫无目的地来访。虽然他当时没有提出任何要求，不过晴也知道不能相信他说的“欠了你很多”这句话。

看着紧张地询问的晴，天羽蓄着胡子的嘴角露出微笑说道：

“我有件事想拜托晴。虽然我想事先打电话，但不知道号码，就直接来拜访了。家里没有电话吧，你有手机吗？”

“……我没有。”

“讨厌电话这点真的和誉一样呢。算了，无妨，像这样走一趟也不赖。”

“要我帮什么忙？”

晴完全不打算让天羽进屋内，根据他委托的内容，自己也有可能会拒绝，而晴更不想陪天羽回忆过去。面对表情凶恶地询问的晴，天羽露出苦笑小声地说道：

“不是什么大事，我只是希望你能把那个箱子让给我。”

“箱子？”

“小野崎家那个誉修理过的箱子。”

回想起在小野崎家看到的宗和箱，晴微微眯起眼睛。爷爷修理过的那个古老箱子，修得很完美，用来装小野崎替换过的粗糙赝品实在太可惜了。为什么天羽会想要那个箱子呢？晴的脑中不断闪过不好的回忆。见晴猜测他又打算做坏事，天羽仿佛想打断晴的想法，主动说出自己想要箱子的理由。

"那个对我来说也是与誉有关的纪念品。如果准备丢掉的话，不如交给我吧。"

"……你又打算拿那个箱子去做坏事？"

"怎么可能？我也一把年纪了，如今只想活在回忆里。"

天羽笑着耸了耸肩膀，晴无法看穿他真正的想法。在短暂考虑之后，晴回答会跟小野崎夫人说一下。正如天羽所说，这不是什么大事，对夫人来说那也是不需要的东西吧。比起当场拒绝天羽，使自己好像亏欠对方什么，晴觉得还不如接受这个简单的委托。

"那就麻烦你了。"

听到晴的回答后，天羽的嘴角露出微笑，接着转身背对晴拉开门。晴也穿上拖鞋，跟着天羽走出家门。

天羽在玄关前停了下来，缓缓转身看向白藤家的古老平房建筑说：

"不管是什么时候过来，这里都很安静呢，真不错。"

看着天羽的身影，晴突然有种一直卡在脑袋角落的某种东西掉了下来的错觉。前往日本桥造访天羽老巢时看到的景象，一直强烈地停留在他的潜意识中。理由在于——

"……像是扑克牌的记忆游戏吗？"

晴站在露出感慨表情望着古老房子的天羽旁边，自言自语般低声说道。天羽则仿佛觉得不可思议地瞪大了眼睛，转头看向晴。近距离看着天羽的脸，晴发现他脸上的皱纹比以前更深，这除了表现出他的年纪有所增长外，总觉得似乎也在显示天羽老奸巨猾的程度又增加了。

在那摆满蛊惑人心之物的房间里，仁清的色绘茶碗被随意放在展示柜上。留在小野崎家的记录以及写在箱子上的物品名称为“色绘藤花文茶碗”，而在天羽那边看到的茶碗……也是藤花的纹样。

这究竟是偶然还是……那个说不定就是那箱子真正的茶碗。

注意到晴是因此才会说出“扑克牌的记忆游戏”这种字眼，天羽露出诡异的笑容。

“晴果然很厉害呢。”

“……”

“我至今仍想把井蛙堂交给晴继承哦。”

听到天羽这么说，晴皱起眉头眯着眼睛瞪着他。看到晴那充满厌恶的表情后，天羽脸上的笑容转变成苦笑。他轻轻耸了耸肩就转身朝木门走去，晴则用严厉的眼神看着那道背影离开。

从天羽没有否定来看，晴认为自己的推测应该没错。虽然用了仿佛有第三者存在的说法，但是暗中帮小野崎重吾出售古董的人说不定就是天羽。他将卖给前任当家的东西，趁着小野崎家出事时低价买回，并打算重新与箱子组合起来卖给新目标。

天羽打开木门往月影寺的墓地走去，完全没有回头。直到看不见他的背影，晴才重重地叹了口气仰望天空。拜访井蛙堂果然是个错误的决定——正当晴因为这于事无补的后悔而握紧拳头时，脚边突然有猫咪跑来磨蹭的感觉。

他讶异地低头一看，发现蕨不知何时跑出来了。已经是老猫的蕨每天都待在客厅里睡觉，几乎不曾离开家。

“……蕨。”

晴露出苦笑将蕨抱起来，看到它用严肃的表情“喵”了一声，他总觉得它是在代替誉忠告自己“千万不要再走上错误的道路”。

晴将颇有分量的蕨稳稳抱住后，说道：

“今晚苍一郎要负责烤秋刀鱼哦，所以得出门买东西不可了。”

晴一边对着蕨如此说道，一边将它抱回家中。即使过着穷苦的日子，就算每天再怎么单调，只要能享受到微不足道的快乐，并且好好地过日子，那就是最大的幸福了。例如秋天的秋刀鱼、冬天的火锅、春天的竹笋、夏天的凉面……

“都是食物呢……”

配合自言自语的晴，蕨再度“喵”了一声。

后记

非常感谢各位阅读《月影古董鉴定帖》，希望这是能让各位觉得有趣的故事。

古董和古美术——这两个词相较之下，总会觉得古美术听起来比较高级呢。如果打开日文字典，在“古董”这个词下面也能看到“虽然古老但没有价值的东西”这个解释，所以“古美术”听起来比较高级也是没有办法的事。不过，我觉得“古董”依然是个很棒的名词，所以本书中主要是使用“古董”一词。毕竟是由对古董的价值抱持疑问的晴来当主角，多少都会受到影响吧。“古美术”这个词有些令人望而却步，让我觉得一点都不适合晴。

虽然是以古董为题材，但是说实话，主线说不定是被苍一郎和国崇要得团团转的晴，要如何艰辛地活下去。光是描写就让我觉得晴辛苦的地方，真的不计其数。我觉得虽然嘴上说讨厌，却怎么样也无法把事情丢着不管的晴，是个光是待在身边就会让人感激不尽的对象呢。

晴他们所居住的谷中一带是我从以前就很喜欢的地区，光是一边想象情境，一边描写就让我非常享受。不过，实际造访当地时真的完全大意不得啊，不仅会迷路，还会找不到目的地，但这些都是非常有趣的经验。

这次非常感谢责任编辑向我这个在其他领域创作的人邀稿。虽然我一开始曾经因为不知道自己到底办不办得到而感到不安，不过写作的过程非常顺利，而且也感受到创作故事的乐趣。很感谢责编总是给予适合的建议。

另外，我也要谢谢负责绘制封面的宝井理人老师。光是您愿意阅读拙作就很感谢了，老师还连猫咪都画得那么可爱，我真的非常高兴。

最后，感谢愿意拿起本书的各位。这是我第一次写这类小说，虽然不知道是否能让各位读者满意，但是我真心希望这是能在大家心中留下印象的故事。

希望未来还能在某处与大家见面。

希望多雨的夏季快点结束……

谷崎泉

◎著者：[日]松冈圭祐

无所不能的凛田莉子成为时尚主编秘书?!

日版『穿普拉达的女王』精彩上演！

万能鉴定士Q的事件簿 1~7 待续

百分之百的金子突然变成了一文不值的合金，为了解开这个谜团，凛田莉子成为了知名时尚杂志女主编的第二秘书。从小说剽窃事件到丢失的价值五亿日元的项链，莉子逐一解决面前出现的风波，迎来了最大的谜团。这个在冲绳波照间岛上长大的纯真女孩，尝试用知识解开连税务官也无法明了的谜题。

定价：各25.00~26.00元

图书在版编目（CIP）数据

月影古董鉴定帖. 1 /（日）谷崎泉著；（日）宝井理人绘；林星宇译. — 南昌：百花洲文艺出版社，2017.7

ISBN 978-7-5500-2318-5

Ⅰ. ①月… Ⅱ. ①谷… ②宝… ③林… Ⅲ. ①推理小说－日本－现代 Ⅳ. ①I313.45

中国版本图书馆CIP数据核字（2017）第164814号

江西省版权局著作权登记号：14-2017-0324

本书为引进版图书，为最大限度保留原作特色、尊重原作者写作习惯，故本书酌情保留了部分外来词汇。特此说明。

出 版 者	百花洲文艺出版社
社　　址	江西省南昌市红谷滩世贸路898号博能中心一期A座20楼
邮　　编	330038
书　　名	月影古董鉴定帖1
作　　者	[日] 谷崎泉
绘　　者	[日] 宝井理人
译　　者	林星宇
出 版 人	姚雪雪
责任编辑	袁　蓉
特约编辑	黄嘉丽
美术编辑	周文旋
经　　销	全国新华书店
制版印刷	上海利丰雅高印刷有限公司
开　　本	890mm × 1240mm　1/32
印　　张	7.5
字　　数	156千字
版　　次	2017年7月第1版
印　　次	2017年7月第1次印刷
书　　号	ISBN 978-7-5500-2318-5
定　　价	30.00元

赣版权登字：05-2017-267